Ralf Neubohn (Herausgeber)

Michael Kerawalla

Flammenfeder

Live von der Gartenschau

Literarische Rems-Rosen

Ralf Neubohn (Herausgeber)

Michael Kerawalla

Flammenfeder
Live von der Gartenschau

Literarische Rems-Rosen

Bibliografische Information der Deutschen Nationalbibliothek
Die Deutsche Nationalbibliothek verzeichnet diese Publikation
in der Deutschen Nationalbibliografie;
detaillierte bibliografische Daten sind im Internet
über www.dnb.de abrufbar.

Herstellung und Verlag: BoD – Books on Demand, Nordersted

ISBN: 978-3-7528-1691-4

Inhalt

Vorwort des Herausgebers Ralf Neubohn

Sehr geehrte Leser,

wir Autoren von der Gruppe „Flammenfeder" sind oft auf Kreuzfahrt im Literaturmeer und machen in den verschiedensten Kulturhäfen halt.
Früher reichten unsere Literaturreisen von Karlsruhe bis nach Bayern, heute bleiben wir meist in den heimischen Gewässern.

Dafür ankern wir hier an mehr Veranstaltungsorten als früher.

Bei unseren literarischen Kaperfahrten haben wir schon so manche Bühne geentert und dabei so allerlei erlebt.
Wir haben über die verschiedensten Themen vorgelesen und natürlich auch geschrieben. Dieses Buch soll den verehrten Lesern einen kleinen Überblick über unsere neuesten Texte geben, aber auch auf ein paar altbewährte, aus denen wir momentan bei Lesungen vortragen. Ich wünsche Ihnen eine angenehme Zeit des Lesens und Träumens.

Und wenn sie nicht nur von uns und unseren Erlebnissen träumen wollen, können Sie die meisten von uns gerne mal für eine Lesung buchen und somit live erleben. Wir lesen nicht nur in Büchereien, Buchhandlungen, Literaturcafes usw., sondern auch beim „Tag der offenen Tür" in Firmen, bei Jubiläen aller Art z.B. bei runden Geburtstagen und was es sonst noch so alles gibt.
Wenn Sie uns für eine Lesung buchen wollen oder noch Fragen zu unseren Büchern haben, melden Sie sich bitte bei mir: Ralf Neubohn, Buchantiquariat der Nöck, Zwerchgasse 6, 71332 Waiblingen, Tel. 07151 1336165, E-Mail: antiquariat.noeck@gmx.de

Bis bald? Ihr Ralf Neubohn

Gartenschaulesung am See

Eines Tages stand mal wieder eine Lesung beim See am Hallenbad an. Nach den üblichen Anfahrtsproblemen kamen wir vom Stau geplagt an unserem Ziel doch noch lebend an, womit wir eigentlich nicht mehr rechneten. Die Spätsommersonne verwandelte das Auto nämlich in eine Brathähnchenrösterei und genauso fühlten wir uns auch.

Vor unserem Auftritt stürmten wir also, so entschlossen, wie wir noch vor uns hinschlurfen konnten, einen Supermarkt und plünderten die Getränkeabteilung.

Mit glucksenden Bäuchen kamen wir bald darauf, vor uns hin- rülpsend, am Lesungsort an, skeptisch beäugt vom Veranstalter. Der dachte wohl offensichtlich: „Was habe ich mir da für Leute aufgehalst? Mit denen blamiere ich mich doch!"

Zu seiner großen Erleichterung erschien trotz vorwärts schreitender Zeit kein einziger Lesungsbesucher.

Während der Veranstalter sich so freute, versanken wir in immer mehr Frust.

Ich sagte schließlich: „Wir gehen nochmals was zu trinken holen, dann fahren wir heim. Das hier ist ja eine Geisterstadt!"

Vom Supermarkt zurückgekehrt wollten wir schnell unsere Sachen packen und verschwinden, als mir mein von der Sonne geröstetes Gehirn schier zerspringen wollte! Der Saal quoll förmlich vor Leuten über, die trotz der großen Hitze kamen! Wo kamen die bloß alle her? Vor allem warum eine Stunde nach dem ursprünglichen Lesungsbeginn?

Wir zogen trotz Hitzekopfwehs die Lesung wie immer professionell und zur Zufriedenheit der Besucher durch und fragten dann ratlos den Veranstalter nach dem Grund der Verzögerung.

Der stutzte und sagte dann nach einer weile: „Ich glaube, Ihr habt vergessen, Eure Uhren von Sommerzeit auf Winterzeit umzustellen!"

Ach, war das peinlich! Unsere Köpfe brannten nun vor Scham noch mehr, als vorher in dem von der Sonne aufgeheizten Auto!

Computerexpertin Petrulia

Paul saß zufrieden in seinem Kinderzimmer, heute gab's in der Schule endlich mal keine Hausaufgaben. Er konnte also nun die langersehnte Radtour auf dem Gartenschaugelände machen! Er freute sich sehr darauf. Draußen schien die Sonne und rief ihm förmlich zu: „Komm, komm!" Als er gerade zu seinem Drahtesel eilen wollte, stand plötzlich seine nervige Schwester Petrulia in der Tür. Was für ein Schock, denn das bedeutete stets etwas Schlimmes.

Sie sprach: „Paul! Ich muss noch von gestern meine Hausaufgaben nachholen. Da es soviel ist, mache ich sie an Deinem Computer." Paul zuckte tief erschrocken zusammen. Seine chaotische und eingebildete Schwester an seinem geliebten Computer! „Dich kann ich nicht allein an meinen PC lassen. Du hast doch keine Ahnung davon!"

Petrulia erwiderte triumphierend: „Mutter hat es mir erlaubt! Sie meint, dass ich groß genug dazu bin."

Paul biss sich auf die Zunge, um nichts über ahnungslose Mütter im Allgemeinen und vor allem in diesem speziellen Fall zu sagen, und startete gottergeben seinen Computer. Er harrte schicksalsergeben der nun folgenden inneren Leiden, die auch prompt eintraten.

„Paul? Was heißt eigentlich PC? Pauls Computer?"

„Nein", entgegnete er genervt. „Es heißt Petrulias Chaos. So, jetzt gebe ich das Codewort ein."

„Kotwort", zischte Petrulia entsetzt. „Heißt dass, dass der Computer mit Scheiße zu tun hat?"

Paul stöhnte verzweifelt. Mütter und Schwestern konnten einem wirklich das Leben versauern. Von wegen Petrulia ist groß genug! Doch da er noch mit dem Rad wegwollte, ließ er sich auf keine Diskussion ein. „So, jetzt mache ich nur noch schnell einen Quick Scan."

Petrulia starrte ihn schockiert an. „Warum wird ein Schwein geröntgt? Oder wird das Schwein wie die Waren an der Supermarktkasse gescannt? Aber wozu? Was hat das denn jetzt mit uns zu tun?"

„Schwestern gehört das Gehirn gescannt", dachte er erbittert. „Sofern sie denn überhaupt eins haben."

Laut giftete er: „Das hat nichts mit Schweinen zu tun! Es ist eine wichtige Funktion des Virenscanners."

„Ach", seufzte Petrulia erleichtert. „Hat Dein PC Grippe? Sag das doch gleich!"

Paul brummelte ablenkend: „Wir schreiben nachher Deine Hausaufgaben in Times New Roman."

„WAS?" rief Petrulia begeistert. „Meine Hausaufgaben kommen in der Times als neuer Roman? Ich wusste doch, dass meine Aufsätze super sind. Nur meiner dummen Lehrerin ist das noch nicht klar."

Paul litt entsetzlich, wir legen den Mantel des gnädigen Schweigens über die nächste Stunde. So meinte seine Schwester unter anderem: „Tool bar? Das ist toll, denn ich habe gerade Durst."

Als nach vielen inneren Leiden seine Schwester ihn verließ, warf sich der arme Paul völlig erledigt aufs Bett.

Dort fand ihn dann später seine Mutter: „Was machst Du hier noch? Ich dachte, Du wolltest radeln! Dauernd hast Du beim Mittagessen genervt, dass Du heute eine Radtour machen willst. Nutze nun auch wirklich die schöne Sonne aus. Also, mit Euch jungen Leuten ist einfach nichts mehr los! Ihr wisst einfach nicht, was Ihr wollt! Erst nervst Du beim Mittag wegen dem Radeln und dann liegst Du den ganzen Nachmittag nur faul rum!"

EOCXTE – CD Shop

Eines Tages erschien in einem aus Datenschutzgründen nicht näher genannten Geschäft in Waiblingen ein neuer Kunde. Die Ladenbesitzerin bediente ihn zuvorkommen und sagte später beim Abschied: „Ich hoffe, Sie kommen bald wieder."

Der Kunde antwortete galant: „Sicher. Sie sind so kompetent und freundlich wie Herr Neubohn es neulich bei der Lesung auf der Gartenschau erzählte. Er liest ja öfters in verschiedenen Läden unserer schönen Stadt, um dadurch die Innenstadt zu beleben. Eine gute Idee von ihm. Auf wiedersehen Frau Elpinike."

Das Lächeln der Ladeninhaberin erlosch so plötzlich, wie das Lächeln eines Managers, wenn es keine 10 % Boni gab. Sie erwiderte erstaunt: „Elpinike? Ich heiße Röchelbaum."

„Oh", flüsterte der Kunde. „Entschuldigen Sie bitte die Verwechslung. Ich dachte Sie heißen; Eutalia Ottilie Clothilde Xanthippe Tussnelda Elpinike und sind die Inhaberin."

Frau Röchelbaums ohnehin schon große Augen wurden noch größer, wie im Märchen vom Rotkäppchen – damit ich Dich besser sehen kann – und ihr Mund wuchs auch – damit ich Dich besser fressen kann - !

„Ich bin die Inhaberin. Hier gibt es keine Frau Eutalia Ottilie Clothilde Xanthippe Tussnelda Elpinike. Wie kommen Sie denn darauf?"

„Ach", raunte der Mann erstaunt. „Da muss Herr Neubohn was verwechselt haben. Als er mir von ihrem schönen Laden EOCXTE – CD Shop erzählte, fragte ich ihn, was der Name EOCXTE voll ausgeschrieben heißen würde. Und er meinte: Ah, öh, natürlich ist es wie bei den meisten Läden, er ist nach der Inhaberin benannt. Und der Name der Inhaberin lautet hier Eutalia Ottilie Clothilde Xanthippe Tussnelda Elpinike."

Wir wissen leider nicht, was Frau Röchelbaum dachte, als sie dies hörte, aber Herr Neubohn bekam tags darauf gründlich den senilen Kopf gewaschen. Das beweist mal wieder: Die Schwaben sind in Wahrheit gar nicht so geizig! Denn in Schwaben wird oft jemand gratis der Kopf gewaschen und das trotz der teuren Schampoopreise!

Besuch auf der Gartenschau

Claudia, Elke und Sieglinde saßen auf den Remsterrassen und schauten herab in die tobenden Fluten der Rems. Da zur Zeit der Pegel auf Rekordtief lag, schauten aus den mächtigen Fluten zwei kleine Inseln heraus. Was die drei nicht wussten: es waren keine kleinen Inseln. Sondern die verschütteten Vulkankegel der Insel Atlantis, die bis zu einem großen Vulkanausbruch in der Rems lag. Die drei Mädchen lösten sich vom Anblick der vermeintlichen Remsinseln und gingen mit ihren Freunden weiter über das wunderschöne Gartenschaugelände. Bisher verlief alles friedlich. Sonst gerieten sich ihre Freunde im Fußballstadion oder bei politischen Veranstaltungen immer in die Haare. Doch heute würde es sicherlich harmonisch verlaufen, nichts ist besänftigender fürs Gemüt, als Sonne und schöne Blumen. Dachten die drei Mädels, bis es bei einem besonders reizenden Blumenbeet wieder zwischen den drei Jungs krachte: „Du vulgäres Veilchen! Die schönsten Blumen sind die Rosen!" „Quatsch! Du rostige Rose! Nichts geht über zarte Veilchen! Und wenn Du willst, kannst Du von mir gleich zwei blaue Veilchen haben." „He, hört, mal ihr zwei Streithähne, am schönsten sind die Tulpen." „Was? Das hätten wir wissen müssen, dass Du eine tumbe Tulpe bist. Du mit Deiner krakeligen Kaktusnase!"

So ging es den ganzen Nachmittag weiter. Die leidgeprüften Mädchen beschlossen deshalb am nächsten Wochenende lieber mit ihren Freunden ins Fußballstadion zu gehen, denn dort dauerte deren Zoff untereinander nur 90 Minuten.

Die zarte Versuchung

Lange träumte ich vergeblich von zarten Berührungen meiner Angebeteten. Doch diese nicht näher genannte Person – so fair bin ich! – kam gar nicht auf die Idee, dies in die Tat umzusetzen. – so grausam sind Frauen! – Menschen achten ja eher auf die äußeren Werte z.B. Alter, Aussehen, Sportlichkeit und weniger auf innere Werte. Mit den äußeren Werten sah es bei mir ja bekanntlich ziemlich schlecht aus. Bei Alter und Aussehen gab es schon lange nichts mehr zu retten, ich konnte also nur mit Sportlichkeit punkten. Aber da lief eigentlich auch schon ewig nichts mehr. Dennoch: Liebesnot macht erfinderisch. Ich kaufte mir Inline-Skater, probte wochenlang im Gartenschaugelände vor kichernden Kids damit und rief eines Tages entschlossen: „Jetzt geht's los!" Mein Plan sah folgendes vor: Die Bahnhofsstraße runterdüsen, ein eleganter Rechtsschwenker, mit einem galanten Sprung über die Türstufe schwungvoll in die Arme meiner Herzensdame. Der Plan begann auch in der Praxis sehr gut: Ich düste in einem Affenzahn die Bahnhofsstraße runter, so viel zum gelungenen Teil. Jetzt kamen die Probleme: Beim Proben in der ebenen Talaue entwickelte ich nicht so ein Irrsinnstempo. „Mist! Wo sind bloß die Bremsen?", dachte ich, als mir kurz vor dem Laden meiner Herzallerliebsten ein sehr kräftiger Mann mit seinem Schäferhund entgegen kam. Nichts zu machen! Ich raste auf sie zu und schaffte gerade noch kurz vor ihnen den Rechtsschwenker in den Laden … Nun, nicht ganz kurz vor ihnen. Ihrem Aufquieken nach, mussten sie wohl leicht touchiert sein. „Stellte Euch nicht so an!", kam es mir aus dem vorlauten Mund, während die Treppe zur Ladentür näher rückte. Kurz vor ihr hob ich zum eleganten Sprung an und segelte mit vollem Tempo in den Laden. Dachte ich. Doch davor befand sich die leider ausnahmsweise geschlossene Ladentür. Als mir viel später die Sinne wieder kamen, musste jemand mich von der

Ladentür gekratzt haben, denn auf meinen Bauch lag eine zärtliche Frauenhand. „Ah!", schoss es mir durch den lädierten Kopf: „Sie verwöhnt mich. Zwar aus Mitleid, aber das kann ja der erste Schritt sein." Leider stellte es sich heraus, dass es nicht meine Herzallerliebste war, sondern die Notärztin die mir gerade operativ den festgebissenen Schäferhund und seinen ebenfalls festgebissenen Herrn entfernte. Merke: Nicht jede zarte Frauenhand verspricht erotische Abenteuer. Merke auch: Sport ist Mord. „Na, wenigstens wird mein Schatz durch meine Tollkühnheit beeindruckt sein", tröstete ich mich selber. Viel später erfuhr ich meinen Irrtum. Sie hatte an diesem Tag frei und ihre Kollegin arbeitete für sie an diesem Tag. Nicht mal diese konnte ich mit meinem Hechtsprung beeindrucken, da sie gerade zu diesem Zeitpunkt ihre starke Brille nicht an hatte. Nun, was soll's. In 20 oder 30 Jahren werde ich herzhaft darüber lachen. Ha, ha, ha.

Herrscher der Welt

Der König kam aus den labyrinthartigen Gängen seines Palastes, stolzierte bis an den Rand seines Berges und schaute tief ins Tal herab. „Das ist mein Land, mein Volk, soweit das Auge reicht", dachte er selbstzufrieden. „Mein Reich ist das mächtigste der Welt. Nichts kann es erschüttern. Alle verehren mich, denn ich bin gottgleich." Friedlich lag das tiefe Tal vor ihm, als er plötzlich ein Geräusch hinter sich hörte.

Etwas Großes kam auf ihn zugeflogen! Etwas Riesiges! Mit ungeheurer Eile konnte er gerade noch rechtzeitig in die unterirdischen Gänge seines Palastes fliehen, bevor unachtsame, menschliche Fußgänger bei der Gartenschau auf seinen Maulwurfshügel traten und diesen plattdrückten. Vor Schreck über die großen Menschen blieb der Maulwurf sein restliches Leben unter der Erde und wurde dadurch mit der Zeit blind. Dies nahm er mit Gelassenheit hin und sagte nun: „Ich bin der kretische Stier in seinem Labyrinth. Alle Welt verehrt mich und bringt bald die mir zustehenden Opfer!"

Der Gartenschauroman

Sam beendete 3 Jahre Schreibarbeit an seinem Buch über die Gartenschau mit einem guten Gefühl. Alle goldenen Regeln seines Verlegers
fanden sich in dem Werk wieder. Anspruchsvoll geschrieben, ein
kritischer Spiegel der Zeit und sorgfältig recherchiert.
Stolz begab er sich damit zu seinem langjährigen Verleger. Dieser
las das Buch mit einem Stirnrunzeln durch und sprach die goldenen
Worte: „Um erfolgreich zu sein, darf ein Roman nirgends politisch
anecken. Streichen Sie daher bitte alle betreffenden Stellen. Natürlich
wollen wir auch niemandes religiöse Gefühle verletzen oder
Wirtschaftsbossen auf die Füße treten. Sie verstehen doch, dass
diese Teile deshalb raus müssen. Zuviel Sex und Gesellschaftskritik
sind auch nicht mehr zeitgemäß, sie fallen ebenfalls weg. Natürlich
wollen wir uns bei niemandem anbiedern und langweiligen Main-
stream vermarkten, wir passen uns nur etwas der Zeit an." Damit
gab er den von 520 Seiten auf 3 Seiten gekürzten Roman in Druck,
der ein großer Erfolg wurde.

Zurück zu den Wurzeln

Seneca, Cato und Tolstoi hatten vollkommen recht: Nichts geht über das einfache Landleben. Weg von all dem unnötigen Schnickschnack zurück zum Urtümlichen. Nur von den allernotwendigsten Hilfsmitteln begleitet leben. So lebe ich schon lange und die Gartenschau wird sicherlich viele andere Menschen auch wieder der Natur näher bringen. Während ich diese Zeilen auf meinen Laptop schreibe, geht draußen die Außenbeleuchtung automatisch an. Vermutlich ist eine Katze durch die Lichtschranke gelaufen. Ein Surren zeigt an, dass die Rollläden mittels Zeitschaltuhr pünktlich heruntergelassen werden. Ich gehe in die Küche aus der Tiefkühltruhe frisches Gemüse für die Mikrowelle holen. Unterwegs blinkt mich im Flur das drohend rote Auge des Anrufbeantworters an. Aus dem Büro höre ich das Fax nach neuem Papier fiepsen und Informationen aus dem Internet plärren.
Bei so viel Stress starte ich mittels Fernbedienung erstmal eine Musik-CD und gönne mir aus der chromglitzernden Expressomaschine ein Anregungsmittel. Zwischenzeitlich ist das Gemüse fertig geworden. Es hat dieses Mal 1 skandalöse Minute länger gedauert! Zeit die alte Mikrowelle gegen eine schnellere auszutauschen!
Ich muss wegen eines neuen Navigationsgerätes sowieso in die Stadt.
Im Esszimmer angekommen greife ich zur Gabel, als sowohl das Handy klingelt, als auch das E-Mail Postfach nach mir verlangt. Doch die müssen beide in die Warteschleife, da pünktlich zum Essen im Fernsehen meine Lieblingsserie startet, die ich auf dem extragroßen LCD-Bildschirm sehe.
Mittels Fernbedienung schalte ich die Heizung etwas höher und genieße die Wärme und das Mikrowellengemüse sehr.
Ja, die großen Denker wussten, was sie sagten: NICHTS geht über das urtümliche, einfache Landleben! Zurück zu den Wurzeln!

Der Lyriker

Ein Autorenkollege von mir schrieb wunderbare Lyrik, die bei Lesungen jedes Mal das Publikum von den Stühlen riss. Doch nie erschien ein Buch von ihm. So fragte ich ihn eines Tages: „Jetzt schreibst Du schon seit mindestens zehn Jahren gute Lyrik. Warum gibt es kein Buch von Dir?"

Er antwortete: „Bis jetzt habe ich noch keinen Verlag gefunden, aber ich probiere es weiter."

Zwei Jahre später schlug ich ihm vor: „Soll ich Dir bei der Suche nach einem guten Verlag helfen?"

Doch dies schlug er rundweg ab und meinte, das könnte er schon alleine. Ich dachte mir meinen Teil und ließ ihn eben allein sein Ding machen.

Ein paar Monate später sah ich ihn bei einer Lesung auf der Kunstlichtung mit Trauermiene im Publikum sitzen.

„So, wie Du aussiehst, hast Du noch immer keinen Verlag gefunden", sprach ich ihn an. „Wenn Du willst, kann ich Deine Bücher billig und schnell drucken." Aber auch darauf ging er nicht ein und meinte nur, seine große Qualität würde sich schon von allein durchsetzen.

Er besaß wirklich große schriftstellerische Qualität und ein noch größeres Selbstbewusstsein. Dennoch erschien auch weiterhin kein Buch von ihm, was mich langsam zu wundern begann. Denn seine Texte bestachen mit ihrem hohen Niveau, dem ansprechenden Inhalt, aber kein Verlag wollte diese. Woran lag das bloß?

Als ich ihn mal viel später besuchte, zeigte er mir die Absageschreiben, die er bekommen hatte, und beklagte sich über die Ungerechtigkeit des Lebens.

Fassungslos rief ich laut: „Natürlich hat kein Verlag Deine Gedichte veröffentlicht, Du Schafskopf! Die Verlage, die Du angeschrieben hast, sind Krimiverlage, Kinderbuchverlage, Kochbuchverlage, aber keine Lyrikverlage!"

Am liebsten hätte ich ihm ein dickes Kochbuch um die Ohren geschlagen, aber das hatte das arme Buch schließlich nicht verdient.

Cool?

Bei so manchem Konzert dachte ich immer: „Du meine Güte, diese Coolnessmasche! Diese Sonnenbrille!"
Bis ich selber so wurde. Kaum zu glauben, aber wahr. In der Anfangszeit las ich vor allem in Literaturcafés, bei Buchmessen usw.
Allmählich kamen dann die Kulturhäuser und schönen Theater an die Reihe.
Nichts Böses ahnend lief ich auf die erste Theaterbühne meines Lebens und wollte eigentlich meine Texte lesen. Wohl bemerkt: „wollte", konnte aber nicht. Das Scheinwerferlicht knallte mir so in die Augen, dass ich kein Publikum sah und erst recht nicht mein Buch. Denn das Licht reflektierte auf den weißen Seiten so arg, dass ich den Text nicht mehr erkennen konnte.
Zum Glück hatte ich auf dieser Lesetour den Text schon so oft präsentiert, dass er fest in meinen Kopf saß und ich ihn auswendig erzählte.
Doch eines schwor ich mir: „Das passiert mir nicht nochmals!"
Seitdem habe ich immer eine Sonnenbrille vorsichtshalber dabei!
JETZT sagen die Lesungsbesucher: „Du meine Güte, diese Coolnessmasche! Diese Sonnenbrille!"

Landfrauen

Eines Tages luden uns mal die Landfrauen eines kleinen Dörfchens zu einer Lesung ein.

Wir mussten sehr lange auf einer extragroßen Landkarte nach dem Dorf suchen. Endlich fanden wir es.

Was bei der Anfahrt wesentlich weniger gut klappte. Denn das Dorf stand auf keinem Schild angeschrieben. Das dürfte wohl eine ausreichende Andeutung über die Größe des Ortes geben.

Der Beginn 22.00 Uhr im Winter förderte wohl auch nicht gerade die Auffindbarkeit. Nirgends Leute, die man fragen konnte, die meisten Hinweisschilder hinter dunklen Bäumen versteckt.

Aber irgendwie und irgendwann – sehr irgendwann – fanden wir das Dörfle dann doch.

Die netten Damen begrüßten uns sehr freundlich und wir machten uns gleich an die Arbeit.

Ein schöner, harmonischer Abend ging dann viel später zu Ende, mit angeregten Gesprächen mit dem zufriedenen Publikum. Aber irgendwie bekam ich das Gefühl, dass irgendwas nicht ganz stimmte. Irgendeine kleine Misslichkeit lag vor. Aber ich konnte mir einfach nicht vorstellen was.

Beim Abschied kam es dann heraus. Eine Dame sagte: „Es war richtig schön. Aber eigentlich dachten wir, dass es ein Schillerabend wird."

Darauf erwiderte ich galant: „Wenn Sie nächstes Mal Schillerwein kredenzen, werden wir es uns überlegen."

Clevere Geschäftsidee

Da der Buchhandel nicht mehr so boomt, hat er sich etwas ganz besonders Raffiniertes überlegt. Die Menschen essen immer mehr Knoblauch und Süßigkeiten gehen sowieso immer gut. Nun bietet der Buchhandel seinen Kunden selbstgemachte Knoblauchbonbons, Knoblauchpralinen und Knoblauchschokolade an. In den Geschmackssorten: scharf, sehr scharf und ... urgs!
Wie die meisten Süßigkeiten sind auch diese extrem klebrig. Kunden, die sich beim Einpacken nicht die Finger verkleben wollen, können sich die leckeren, delikaten Nascherein in Seiten von Büchern einpacken lassen. Im Preis der Gourmetträume ist also jedes Mal ein Taschenbuch inklusive. Bekanntlich macht ja naschen süchtig und zieht so indirekt den Buchverkauf kräftig an.
Der Bundesgesundheitsminister warnt ...

Ostern 2012

Lange wurde es heiß diskutiert: Wer bringt eigentlich zu Ostern die Geschenke? Manche meinten: die Eltern. Aber das kann nicht sein. Welche Eltern haben denn heutzutage noch Geld, um überhaupt alles Lebensnotwendige zu kaufen, geschweige denn Geschenke? Nach langer wissenschaftlicher Forschung steht nun fest: Der Osterhase bringt die Geschenke, wie es die Großeltern schon richtig wussten. Der Beweis: Kaum ist es Frühling, huschen die Häschen draußen rum und sammeln die Geschenke für Ostern.

Nun fragen sich viele: „Ja, aber warum Eier?"

Na, das ist ganz einfach. So kleine Häschen haben nicht viel Geld und Eier sind noch relativ günstig zu haben, wenn man es mit den Preisen von Naschwaren vergleicht ...

Ja, so ist man halt aufs Ei gekommen ...

Ostern 2012 war ja ein besonders ideales Osterjahr. Kalt + regnerisch. Da stört keiner die Häschen beim Eierverstecken UND: Wenn jemand nicht alle Eier gleich gefunden hat, macht nichts! Bei DEM nass-kalten Wetter bleiben die Eier noch lange frisch.

Aber Vorsicht: Wenn Sie am 6. Dezember unter einem kahlen Strauch ein Ei entdecken, hat es wohl nicht der Nikolaus gebracht!

Da Ostern 2012 besonders kühl war, wurden die Eier von Angorahäschen verteilt. An anderen kalten Osterjahren, wo es keine Angorahäschen in unseren Wäldern gab, haben die Zwergkaninchen stattdessen Paketdienste mit dem Transport beauftragt und blieben lieber daheim unter der warmen Höhensonne.

Es reicht ja auch, wenn die Paketfahrer nass werden. Aber so zarte Pfötchen von Zwergkaninchen sind schon sehr empfindlich.

Ich freue mich schon auf Ostern 2013, wenn ich im Wintermantel mit Schirm in der Hand unter Schnee und Eisschicht Ostereier suche. Vielleicht sollte ich mir dafür einen Bergungshund oder ein Trüffelschwein besorgen.

Nach dem Eiersuchen im Schnee baue ich dann einen Schneemann und schaue Schneehasen zu, die auf Langlaufski vorbeiflitzen, verfolgt von Eisbären und Polarfüchsen. Den Abend lass ich dann mit zum Wetter passender Musik ausklingen z.B. „Leise rieselt der Schnee", „Schneeflöckchen, Weißröckchen."
Das ist praktisch, da es ja mehr Weihnachtslieder als Osterlieder gibt. Oder kennen Sie viele Osterlieder?

Frühlinstag

Ein Hauch von Frühling liegt in der Luft. Laue, warme Winde wehen und treiben zusammen mit der Sonne die Menschen in die freie Natur. Pärchen gehen in den Park, Ehepaare treffen sich mit ihren Freunden in Straßencafés. Wohlig räkeln sich Mensch und Tier in der warmen Sonne. Viele Leute veranstalten spontane Grillfeste. Es ist ein wunderbarer Frühlingstag, dieser 24. Dezember 2012.

Heißes Date

Ich saß mit einem Mädchen in einem Lokal,
denn man lebt nur einmal.

Ich war voll in Form,
stürmte verbal nach vorn.

Aber der Wirt rief unverdrossen,
jetzt wird geschlossen!

Doch ich drehte voll auf,
hatte noch gute Sprüche drauf.

Ich wollte es jetzt wissen,
liegt sie nachher auf meinem Kissen?

Aber der Wirt rief unverdrossen,
jetzt wird geschlossen!

Ich ließ mich nun doch verstimmen,
und meine Felle davon schwimmen.

Da erschienen reiche Gäste vorm Lokal,
des Wirtes Augen leuchteten auf einmal.

Aber ICH rief unverdrossen,
jetzt wird geschlossen!

Als ich neben mir stand

Viele Leser haben mich gebeten, wieder ein wirklich wahres Erlebnis aus dem Autorenleben zu erzählen. So wie in „Im Tal der Autoren" oder in „Alle Autoren an Bord!"
Gerne erfülle ich diesen Wunsch. Es ist eine ungewöhnliche Begebenheit im Zusammenhang mit einer Lesung. Eine seltsame Angelegenheit, fast so seltsam wie die Fälle von manchen Detektiven.
Ich erhielt eines Tages die Einladung, zum ersten Mal in der Ludwigsburger Stadtbücherei zu lesen. Einem Ort, an dem ich mich vorher noch nie befand. Ich kannte in Ludwigsburg nur das blühende Barock und die Basketballhalle.
Wie immer bei Lesungen machte ich mich schon sehr früh auf den Weg. Ca. 1,5 Stunden vor der Lesung befand ich mich wohlbehalten am Bahnhof in Ludwigsburg, in Gesellschaft einer interessanten Bekanntschaft. Einer sehr aufregenden Bekanntschaft sogar. Eines faltbaren Stadtplanes. Bevor ich mit ihm flirten konnte, um ihn anschließend AUFZUREISSEN, begaben wir uns einträchtig in ein Café. Ich bestellte mir nur etwas zu trinken, der Stadtplan schien hingegen Askese zu lieben. Er trank nichts. Kein verheißungsvoller Anfang für einen heißen Flirt. Ich trank gerade einen Schluck Cola, als um mich herum die Geräusche plötzlich leiser wurden, die Gestalten sich langsamer bewegten. Allmählich glitt ein 2. „Ich" aus meinem Körper, sah mich im Lokal sitzen und flog über die mir unbekannten Straßen hin zur Bücherei. Während „Ich" so über die Straßen flog, sah ich mich gleichzeitig immer noch im Lokal mit dem unbenutzten und unbefleckten Stadtplan sitzen. Langsam kam ich im Lokal wieder zu mir, beschloss dem Stadtplan seine Jungfräulichkeit zu lassen und lief die Straßen entlang zur mir vorher unbekannten Bücherei, die übrigens gerade wegen Umbaus umgezogen war. Den ganzen Tag über blieb ich völlig gelöst, gelassen, etwas neben mir stehend und brachte die Lesung ganz

locker hinter mich. Ein wirklich seltsames Erlebnis, auch wenn es viele meiner treuen Leser wohl nicht glauben werden. Wodurch ich in diesen Zustand der Gelöstheit kam, durch welchen ich die umgezogene Bücherei fand, das weiß ich nicht. Ich weiß nur, dass ich schon beim Betreten des Lokals eine große innere Ruhe in mir trug.

Wer weitere wahre Ereignisse aus dem Autorenleben lesen will, möge zu „Im Tal der Autoren", „Alle Autoren an Bord!" und anderen früheren Werken von mir greifen. Es ist kaum zu fassen, was wir Autoren so erleben und erleiden.

„Hüte Dich vor der Klapperschlange!"

Seine Freunde warnten Mark immer wieder: „Hüte Dich vor der Klapperschlange!"
Verächtlich lächelnd hatte sich Mark auf den Weg gemacht. Langsam aber sicher durchschritt er den Dschungel.
„Pah! Diese Angstmacher", dachte er. Sein Ziel rückte immer näher, damit auch die Sicherheit.
„Klapperschlangen", ging es ihm durch den Kopf. „Was für ein dummes Geschwätz. Ein Märchen für kleine Kinder."
Mark befand sich zwar im tiefsten Dschungel, aber ihn konnten solche Warnungen nicht erschrecken.
Plötzlich ertönte ein leises, gefährliches Klappern. Das musste ein Zufall sein! Das Klappern näherte sich ihm langsam.
„Ich habe keine Angst!", schrie er und wischte sich den Schweiß von der Stirn. Sein Marschtempo beschleunigte sich. Da! Das gefährliche Klappern kam schon aus unmittelbarer Nähe. Gehetzt blickte er in alle Richtungen. Nichts zu sehen! Ließen ihn seine Nerven in Stich? Konnte es nicht nur eine Einbildung sein? Er befand sich zwar im Großstadtdschungel, doch wo sollte mitten in einer Stadt eine Klapperschlange herkommen?
Das Klappern ertönte noch lauter, viel gefährlicher. Aber noch immer nichts zu sehen. Ein paar Meter entfernt stand sein geparktes Auto. Nur noch an dieser Pizzeria vorbei ums Eck! Das Letzte, was er in seinem Leben hörte, war ein gefährliches Zischen und Klappern. Genau am Hauseck ereilte ihn sein tragisches Schicksal, vor dem ihn seine Freunde vergeblich warnten! Aus einem Bürogebäude eilte eine lange Schlange Sekretärinnen sich gegenseitig anzischend, auf klappernden Absätzen zur Pizzeria und diese Klapper-Schlange überrannte alles, was ihr in den Weg kam mit ihren Stöckelschuhen. Trat alles Entgegenkommende fest in den Asphalt, nichts konnte sie stoppen.
Darum wo Du auch bist: „Hüte Dich vor der Klapperschlange!"

Zeitreise?

Eines Tages erwachte ich mit schwerem Alpdrücken. Etwas Schlimmes lag mir auf der Seele, etwas geradezu Fürchterliches. Ich musste zum Zahnarzt. Ist das nicht schrecklich? Draußen lag um 7.30 Uhr noch immer schwerer Nebel in den dunklen Straßen. Nebelschwaden verdichteten das Ganze noch von Zeit zu Zeit. Nur schemenhaft sah ich gelegentlich eine dunkle Gestalt an mir vorbei gleiten und im nebligen Nichts verschwinden. Ab und zu tauchten gedämpft die Lichter eines Autos auf oder die Beleuchtung eines kleinen Ladens in Soho. In Soho? Reiste ich im Nebel zurück ins alte London? Die dunklen, geheimnisvollen Straßen wirkten so. Kaum ein Mensch unterwegs. Es fehlte nur noch ein: „Hallo, hier spricht Edgar Vallace!", doch dies kam nicht. Überhaupt nichts kam. Nicht einmal mehr Autos oder Passanten. Einsam lagen Londons Straßen vor mir. Oder doch Waiblingens? Aber wenn ich mich noch in Waiblingen befand, musste doch noch irgendein Mensch unterwegs sein. In London hingegen gab es genug einsame, verrufene Straßen. Der Nebel verdichtete sich noch mehr, kaum war noch der Weg vor mir zu sehen. Es lief mir kalt den Rücken herunter. Wo war ich bloß? Da lichtete sich kurz der Nebel, und eine Gestalt in Regenmantel und mit Schlapphut kam auf mich zu. Es riss mich schier von den Füßen! Die Gänsehaut prickelte jetzt noch unangenehmer. Die Gestalt sah aus wie der Schauspieler Blaus Binski! Ich befand mich also doch im London der sechziger Jahre! Was würde nun geschehen? Bekam ich von Binski ein spöttisches Lächeln, oder …?
Doch er verschwand wieder im Nebel, während mich die toten Augen von Waiblingen bzw. London aus ihren Verstecken beobachteten und ihre Messer zogen.
Würde der Nebel sich rechtzeitig heben und dadurch mein Leben retten? Dann rief allerdings der Zahnarzt nach mir! So oder so! Das Grauen lag vor mir! Welch schrecklicher Tag!

Der Preis des Erfolgs

Der junge Popstar sang so süßlich, dass sie allein vom Zuhören schon ein gutes Pfund zunahm. Vermutlich sollte sie sich vorsichtshalber eine Insulinspritze gegen die nun drastisch gestiegenen Zuckerwerte geben. Sie hielt die Popsendung durch. Genauso wie vorher die Seifenopern und den Volksmusik-Abend. Martha genoss sie einerseits fast ein wenig masochistisch, andererseits musste es sein. Das Ziel kam mit jedem anspruchslosen Fernsehabend näher. Jedes taube Gefühl im Kopf, jede geistige Nullrunde zählte. Je niveauloser eine Sendung, desto besser. Mittlerweile bekam sie von dem leeren Gefasel auf dem Bildschirm immer weniger Kopfweh und schaltete immer seltener vorzeitig genervt aus. Das große Ziel lag bereits greifbar nah. Als Autorin genoss Martha großes Ansehen. Ihre Bücher besaßen hohes Niveau. Zu Hohes und verkauften sich deshalb nicht so gut wie intellektuelle Dumpingniveauware.

Deshalb wollte sie so werden wie andere, also tumb, um endlich den Massengeschmack zu treffen.

Nach zahlreichen Leiden am Fernseher schaffte sie es tatsächlich geistig völlig anspruchslos zu werden und ihre Bücher damit viel besser zu verkaufen. Sie freute sich sehr darüber. Leider musste sie sich auch neue Freunde suchen, die alten hielten in persönlichen Gesprächen ihren geistigen Durchfall nicht mehr aus. Einerseits bedauerte Martha es ihre kultivierten Freunde wegen ihres intellektuellen Absturzes zu verlieren, andererseits besaß sie nun mehr Zeit, süßliche Sendungen zu sehen. Es lebt sich so schön, mit zuckerverklebten Gehirnzellen.

Starkes Gift

Es sind immer mehr Gifte in unserer Umwelt vorhanden. Ohne es rechtzeitig zu bemerken, erkranken die Menschen daran. Bei bestimmten Sorten von Giften trifft es mehr die Frauen, bei anderen eher die Männer. Die Wirkung ist verschieden. Es gibt Stoffe, die sofort tödlich sind und welche die langsam aber sicher wirken. Diese besonders gefährlichen Gifte machen vor allem Männer erst abhängig, bevor sie sich katastrophal auswirken. Die allerschlimmsten Gifte heißen: „Blondes Gift" und nur wenige Männer können diesem entgehen, wenn sie erst einmal damit in Berührung kamen. Daher warnen Toxikologen vor dem Erstkontakt damit. „Hände weg! Es kann zu gefährlichen Suchterkrankungen kommen und anschließend zum geistigen Tod."

Spiel mir das Lied von der Rems

Eine Mundharmonika spielt leise und schaurig DIE bekannte Westernmelodie. Sie hallt klagend über das Remstal hinweg. In ihrem Klang ist alles enthalten, was gerade hier geschieht.

An modernen Marterpfählen, also Ampeln, sind Menschen zur Regungslosigkeit verdammt.

Revolverhelden duellieren sich, ein Autodieb wird auf dem Galgenberg aufgehängt, auf dem Rotenberg überfallen Rothäute ein Goldgräbercamp.

Die Melodie beginnt noch tiefer unter die Haut zu gehen, mit ihr auch die tragischen, alltäglichen Ereignisse. In den Saloons der Remsstädtchen kommt es zu Schlägereien, die oft mit dem Tod enden. „Für eine Handvoll Rems-Talerchen" mordet Clint Eastwöödle und Sioux überfallen die schwäbische Eisenbahn.

Viehzüchter treiben eine Herde Kebab durch die Straßen, bedroht von Outlaws. Die Taltons überfallen eine Postkutsche und meucheln alle Fahrgäste nieder.

Da, durch dichten Straßenstaub wird allmählich eine Gestalt sichtbar. Sie quält sich die Bahnhofstraße empor. Die Mundharmonika jagt uns noch mehr Schauer über den Rücken.

Ist es …? Ist es …? Ja, Tjango naht uns. Seinen Sarg hinter sich herziehend, in dem Sheriffsterne aus dem ganzen, wilden Remstal liegen. Abgenommen den ermordeten Ordnungshütern und bestimmten Autofahrern. Begleitet wird Tjango von Billy the Flip. Werden wir entkommen? Die Michaelskirche schlägt 12.00 Uhr mittags. Da nahen Gary Pooper und John Payne auf ihren Pferden. Kommt die Rettung noch zeitig genug? Fortsetzung in einem Ihrer Lieblingswestern. So long!

Zu spät!

Hubert arbeitete bei einem Betrieb, wo es nie auffiel, wenn er zu spät kam. Er kam aber auch privat zu allem zu spät. Es hatte nie Folgen, bis ... er eine Lesung des bekannten Autoren Ralf Neubohn besuchen wollte, der zusammen mit einem Prominenten auftrat.

Als Hubert eine halbe Stunde zu spät kam, lief die Lesung bereits und es gab keine freien, gepolsterten Stühle mehr. Eine Angestellte, die ihn sah, holte ihm noch schnell einen harten, kleinen, kalten, verstaubten, verschimmelten Holzhocker aus dem Keller.

Der Prominente, welcher vor Neubohn las, gab eine Zugabe nach der anderen. Hubert rutschte immer unbehaglicher auf dem kalten und harten Hocker herum. So allmählich begann ihm sein Sitzfleisch zu schmerzen und der Prominente las in aller Seelenruhe weiter und weiter. Erwähnte nur noch KURZ dies und das ... Wollte nur GANZ SCHNELL auf jenes hinweisen ...

Die anderen Besucher saßen zufrieden auf ihren gepolsterten Stühlen und nippten an ihren Sektgläsern, die es vor der Veranstaltung für alle gab. Außer für Hubert, der ja wie immer zu spät kam und nun zunehmend an schmerzenden Hinterteil und Durst zu leiden begann. Vor allem, wenn er die anderen Besucher genüsslich trinken sah.

Als der Prominente mit dem Lesen ENDLICH fertig war, war auch Hubert schon ziemlich fertig.

Inzwischen begann der ominöse Ralf Neubohn zu lesen, nach dem ihn zwei Krankenwärter aus dem Seniorenheim auf einer Bahre zur Lesung brachten.

Offensichtlich stimmte das Gerücht, dass Neubohn schon vor Kaiser Nero auftrat, denn er ließ sich auf der Bahre so elegant zur Bühne tragen, wie es wohl seinerzeit mit den Sänften zur Römerzeit vonstatten ging.

Neubohn las mit altersschwacher Stimme murmelnd aus seinem klassischen Buch: „Meine ungeschriebenen und unbeschreiblichen

Gedanken", welche seinerzeit so ein großer Erfolg wurden, dass ihm die Groupies an den unglaublichsten Orten auflauerten. Z. B. im Kühlschrank, im Mülleimer.

Leider konnte Hubert das Ende der Lesung nicht mehr abwarten, Schmerz und Durst trieben ihn von dannen und er verpasste die besten Stellen der Lesung. So, als Neubohn im zahn- und hirnlosen Zustand versuchte, nach der Lesung knusprige Gebäckteile zu essen und ihm dabei das Gebiss rausflog oder als seine Krankenwärter seine Bahre fallen ließen, als sie eine wunderschöne Frau vorbeilaufen sahen. Ach, lachten da die Lesungsbesucher. Wesentlich mehr als in den letzten Wochen und vor allem viel mehr als während der Lesung.

Astrid und Martina

Astrid und Martina sind sehr nette Autorenkolleginnen von mir, mit denen ich besonders gerne zusammenarbeite.

Astrid hat schon mehrfach den „Neuen Literaturpreis Remstal" gewonnen, da ihre Lyrik und Kurzgeschichten sehr ansprechend sind. Mit ihr bin ich nun seit ca. 18 Jahren unterwegs. Wir haben schon in Theatern, Kulturhäusern, in Läden, Kirchen, Büchereien, Buchhandlungen gelesen. Astrid ist nicht nur eine begnadete Autorin, sie beherrscht auch eine wunderbare Vorlesetechnik. Als wir einmal in einem Theater lasen, fiel ich wegen ihrer glänzenden Vorlesetechnik vor ihr auf die Knie. Viele der Gäste dachten, ich wolle Astrid foppen und schauten mich böse an, aber es war nur ehrliche Begeisterung von mir.

So gut wie sie vorliest, malt sie auch. Mehrere sehr erfolgreiche Ausstellungen gab es von ihr schon.

Astrid und ich traten mal im Winter in Cannstatt auf. Kurz vor der Abfahrt schneite es, was der Schreck aller Autoren ist. Nicht nur wegen der eigenen Anfahrt, sondern auch weil dann weniger Zuhörer kommen. In sehr langsamem Tempo kamen wir am Lesungsort an und hofften, dass trotz Schnees viele Zuhörer erschienen. Denn wir Autoren brauchen stets sehr viel Zeit für die Vorbereitung einer Lesung. Texte auswählen, die Reihenfolge dieser festlegen, lesen proben, Absprachen mit dem Veranstalter und den Mitlesenden, eventuell extra für diesen Abend neue Texte schreiben, Werbung usw. Wegen dieses großen vorab Aufwandes will kein Künstler ihn dann anschließend umsonst gemacht haben. Wir zitterten uns dann durch und hofften auf Gäste, die dann doch trotz Schnees tatsächlich auch kamen. Wenige erschienen, aber immerhin. Wobei sich natürlich unser Aufwand aufgrund der kleinen Zuschauermenge nur geradeso lohnte. Nach der Lesung wollte ich möglichst schnell vom Ort der Enttäuschung fort. Da aber gerade Astrid mit jemand sprach, redete ich eben auch mit anderen Gästen.

Einer der Besucher fragte: „Warum sind so wenig Leute da?"
Ich wies darauf hin: „Wahrscheinlich wegen des Schnees."
„Wegen des Schnees? Was hier liegt ist fast gar nichts! Ich bin extra vom Schurwald hierher gekommen. Und bei uns im Schurwald lag richtig viel Schnee."

Während er sich weiterhin aufregte, schielte ich immer wieder zu Astrid herüber, die sich noch immer fleißig mit verschiedenen Leuten unterhielt. Das Gesäure meines Gesprächspartners regte mich zunehmend auf, aber fliehen konnte ich ja nicht, da ich auf Astrid warten musste. So ein Pech! Währenddessen nörgelte der Besucher laufend weiter. Dass er eigentlich mit seiner Meinung richtig lag, war eine Sache. Aber er kam gar nicht auf die Idee, dass wir als Opfer der Umstände uns über die wenigen Gäste zweifellos zu Recht noch mehr ärgern könnten. Taten wir aber nicht, da hier höhere Gewalt vorlag. Auch wenn durchaus ein paar Leute mehr mit Bus und Bahn hätten kommen können. Als meine Nerven völlig zernörgelt waren, beendete Astrid ihre Unterhaltung und sah zu mir herüber. Ich verabschiedete mich vom harten Schneehero und begab mich zu Astrid. „Ich dachte, Du wirst nie fertig mit reden", sagte ich ihr. Sie erwiderte: „Ich habe mir nur die Zeit vertrieben, bis Du endlich mit Deinem angeregten Gespräch fertig warst." Vor Schreck über dieses Missverständnis wäre ich schier zu Boden gesunken. Umsonst so viel gelitten!

Anschließend beschlossen wir, uns zum Trost für diesen verkorksten Abend etwas Gutes zum Essen zu gönnen. Wir begaben uns dazu in eine sehr gute Gaststätte in Stuttgart. Unser Hunger hielt sich in Grenzen, daher bestellten wir von der Tageskarte ein besonders preiswertes Essen, welches anderenorts extrem hochpreisig ist. Unser Gedanke: Da kann ja bei dem günstigen Preis die Portion nur sehr klein sein. Also so, wie unser Hunger!

Der Wirt trug bald darauf unsere zwei Teller heran! Ah, diese besaßen genau die kleinen Maße, die wir uns vorstellten. Perfekt unseren Appetit entsprechend. Doch plötzlich erschraken wir, als der Wirt sprach: „So, hier sind die Vorspeiseteller. Die Hauptspeisen kommen gleich. Sagen Sie mir bitte nach dem Essen Bescheid, wann ich zum Abschluss die Salatteller und das Dessert bringen soll." UFF!

Da fällt mir gerade eine Fahrt zu einer besonderen Lesung ein. Ich saß mit unserer gemeinsamen Bekannten, der Autorin Martina, im Auto, als wir uns in dunkler Nacht in Richtung Pforzheim begaben. Da sagte sie plötzlich: „Wegen meiner Nachtblindheit war ich neulich beim Arzt. Ich sehe nachts einfach gar nichts mehr." Ich bekam fast einen Herzanfall, als wir so durchs Dunkel brausten. Die Fahrerin erzählte weiterhin gelassen von ihren Problemen im Dunkeln, während mir einige Schweißausbrüche vom Rücken liefen! Um rechtzeitig zur Lesung zu kommen, konnte ich auch nicht mitten auf der Autobahn aussteigen und versuchen mich mit einem Zug nach Pforzheim zu begeben. Das hätte zeitlich nicht mehr gereicht. Und Pünktlichkeit und Zuverlässigkeit sind meine Markenzeichen bei Lesungen.

So setzte ich das Himmelfahrtskommando in strenger Pflicht-erfüllung leidend fort, als Martina unerwartet sprach: „Gestern besuchte ich den Augenarzt und der stellte fest, dass ich keinerlei Probleme mit den Augen habe. Wir rätselten zusammen herum, woran meine Probleme bei Dunkelheit liegen könnten. Nach einer Weile meinte er, ich solle mal meine Autoscheinwerfer überprüfen lassen. Die Autowerkstatt stellte dann auch fest, dass beide Scheinwerfer fast gar nicht mehr funktionierten! Es lag also nicht an meinen Augen, sondern an den nun reparierten Scheinwerfern!"

Martina lachte vor sich hin und wunderte sich sehr, warum ich sie so konsterniert anschaute! Am liebsten hätte ich ihr mit ein paar gezielten Hieben neue Scheinwerfer auf dem Kopf gesetzt. Wegen so eines Missverständnisses stand ich kurz vor dem Herzinfarkt! Das Autorenleben ist echt hart! Doch es ging glorreich weiter! Die Lesung an sich verlief sehr nett und harmonisch. Sehr nette Gastgeber und deren Freunde bescherten uns einen wunderbaren Abend. Wieder eine dieser gelungenen Wohnzimmerlesungen, purer Genuss! Nach der Lesung unterhielten wir uns an verschiedenen Orten der Wohnung gut mit den Zuhörern. Bis ich schließlich an zwei geriet, die laufend nur über Schule redeten. Mein Lebtag befand ich mich in genug Schulen, um mir nun auch noch laufend Gespräche über dieses Thema anzuhören. Ich ging also zu Martina und sagte: „Ich rede lieber mit Dir weiter, die anderen Reden mir zuviel von Schule." Sie muss mir wohl nicht gut zugehört haben, denn sie rief laut: „Schwule? Welche Schwule?" Alle schauten ganz entsetzt zu uns und ich wäre vor Scham schier im Wohnzimmerboden versunken. Als wir später zum Auto gingen, fragte sie mich: „Der Abend hat mir sehr gefallen. Aber warum haben uns bloß zum Schluss alle Leute so angestarrt?"

Die Pralinenlesung

Bei manchen Lesungen bekommen die Autoren nicht nur Gage, sondern auch Speis und Trank. Eine solche Veranstaltung stand einmal sonntags am frühen Morgen an. Ein Pralinenladenbesitzer aus Heilbronn öffnete sein Fachgeschäft zu einer Pralinenverkostung mit Lesung um 10.00 Uhr. Da das Geschäft wie alle Läden sonntags normalerweise geschlossen blieb, harrten wir Autoren gespannt der kommenden Dinge und vor allem der hoffentlich kommenden Gäste.

9.45 Uhr – kein Mensch da. 9.50 Uhr – die Tür ging nicht einmal auf. 9.55 Uhr – worauf hatten wir uns da bloß eingelassen? 10.00 Uhr – Zeit zum Einpacken und Heimfahren. 10.10 Uhr – die Bude war gerammelt voll.

11.30 Uhr – nach triumphaler Lesung geht es nun auch für die Autoren ans Essen und Trinken. Hatte der Besitzer auch bis dahin gestrahlt und sich zufrieden die Hände gerieben, gehörte das nun plötzlich der Vergangenheit an. Offensichtlich erzählte ihm noch keiner die allgemein bekannte Tatsache, dass Autoren nicht nur von Luft und Liebe leben.

Als wir uns bis oben vollgestopft kaum noch rühren konnten, verabschiedeten wir uns von dem leidgeprüften Mann, der die goldenen Worte sprach: „Die Veranstaltung hat mich voll vom Stuhl gerissen, Euer Appetit allerdings auch. Ich glaube, wenn ich Euch nächstes Mal gegen höheres Honorar aber dafür ohne Verköstigung buche, komme ich wesentlich billiger weg.“

Wie kam er bloß darauf? Rülps …

Dankbarkeit

Viele Menschen fragen mich, was ich mir zu Weihnachten, Ostern, Geburtstag wünsche. Noch mehr Leuten habe ich bei einigen Sachen sehr viel geholfen, auch sie erkundigen sich: „Womit kann ich Dir als kleines Dankeschön eine Freude machen?" In allen Fällen lautet meine Antwort: „Mit leckeren Pralinen und wunderbarer Schokolade vom Fachgeschäft gegenüber. Der hat wirklich super Sachen. Oder wenn es etwas Größeres sein darf, mit einer CD von den Headcats. Die höre ich besonders gern."

Da mir nie jemand von den Fragestellenden was von den gewünschten Dingen vorbeibringt, hören sie offensichtlich lieber selber die Headcats CDs und essen dazu die schmackhaften Süßigkeiten.

Nach dem Motto: Ein Gentleman genießt und schweigt.

Wenn ich mir dann selber Süßigkeiten kaufe habe ich immer im Ohr: „Ich bin Dir soooo dankbar, ich würde ALLES für Dich tun."

Und die Headcats habe ich bis heute noch nicht.

Schaffenskrise

Eines Tages saß ich mal wieder an meinem Computer und wollte neue Kurzgeschichten für den aktuellen Flammenfederband schreiben. Doch fiel mir überhaupt nichts ein. Nachdem mein PC und ich uns eine halbe Stunde gegenseitig völlig leer angestarrt hatten, musste zu inspirierenden Hilfsmitteln gegriffen werden. Doch was konnte bloß helfen? Musik. Musik ist immer eine gute Idee. Nun, ja, fast immer. In diesem Fall half sie leider nichts. Was dann? Frische Luft empfiehlt sich stets. Also ein kleiner Spaziergang, die frische Luft bringt dann die kleinen Gehirnzellen in Gang! Von wegen! Auch diese Aktion verpuffte völlig. Sie brachte nichts, außer müde Füße vom Spazieren. Tja, scheinbar lief heute nichts mit neuen Texten schreiben.

Aus Frust kochte ich mir Kaffee und aß dazu Schweizer Schokoladenwaffeln. Plötzlich durchzuckte mich förmlich ein Ideengewitter und ich schrieb schnell hintereinander mehrere Kurzgeschichten. Seitdem ist für mich Schweizer Schokoladenwaffeln mit Kaffee meine „Nervennahrung". Übrigens klappt es auch mit Mini-Marmorkuchen gut.

Partyspaß

Gegen Ende einer netten Schriftstellerparty tauchte die Frage auf: „Was jetzt?" Nach dem üblichen schönen Partyverlauf dürstete es allen nach etwas Neuem, etwas ganz anderem als sonst. Zahlreiche Vorschläge wurden gemacht und sofort wieder verworfen. Keine Idee fand Gnade vor dem anspruchsvollen Partypublikum. Da kam mir die rettende Idee: „Wir machen ein Schokoladenquiz!" Die Gäste dachten an einen Scherz von mir, aber es war mir ernst! Vor ein paar Tagen hatte ich mehrere Packungen Schokolade in meinem bevorzugten Fachgeschäft besorgt, in den verschiedensten Geschmacksrichtungen. Jeder Gast bekam der Reihe nach von allen Packungen ein Stückchen zum Probieren und musste die Lösungen auf einen Zettel schreiben. Zwei Gourmets kamen beim Schokoladenquiz in die Endrunde, die Spannung erreichte den Höhepunkt!

„Das ist schwarze Schokolade mit Brombeeren!" „Quatsch! Das ist schwarze Schokolade mit Johannisbeeren. Du hast doch keine Ahnung!"

Der glückliche Sieger erhielt eine Packung mit leckerer Bruchschokolade, in der die verschiedensten Schokoladensorten waren. Wenn Sie mal ein originelles Gesellschaftsspiel machen wollen: Die Antwort heißt Schokoladenquiz!

Die hohe Ethik der Kunst

Für uns Autoren geht nichts über die Kunst. Alles andere muss sich dieser unterordnen. Das hohe Berufsethos steht über allem anderen.

Neulich lasen wir in einem Pralinenfachgeschäft aus den neuesten Flammenfederbüchern. Der Ablauf erfolgte nach folgendem Schema:

-Pralinenverkostung durch den Ladeninhaber.

-Lesung erster Autor.

-Pralinenverkostung durch den Ladeninhaber.

-Lesung zweiter Autor.

usw.

Genauer gesagt: Nach diesem Schema SOLLTE es gehen.

Bei der ersten Pralinenverkostung griff einer der Autoren so gierig zu, dass er mit seinen danach äußerst klebrigen Fingern nicht mehr aus seinem Buch vorlesen konnte. Was für eine Einstellung! Mit den Schriftstellern ist auch nichts mehr los! Unmöglich! Um den Ruf unserer Gruppe Flammenfeder zu wahren, sprang ich in die Bresche und las vor. Nach der zweiten Verkostung passierte Ähnliches. Ein als lesender Geplanter stopfte sich so den Mund voll, dass ich wieder Vertretung machen musste. Wie können sich erwachsene Künstler nur so gehen lassen! Skandalös! Keine Künstlerehre im Leib.

Bei der dritten Verkostung wurde weiße Schokolade mit Himbeeren serviert. Mmmh! Lecker! Rasch griff ich mir die größten Stücke und merkte beim Runterschlingen, dass ich jetzt eigentlich vorlesen müsste. Pah! Was soll's! Es gibt viel Wichtigeres als die Kunst! Her mit noch mehr Schokolade!

Plünderung

Eines Sommernachts lag ich schlafend in meinem Bett, als plötzlich ein ungeheuerer Radau einsetzte. „Einbrecher?", schoss es mir durch den Kopf. Ich eilte in Richtung des Lärms und hörte furchtbares scheppern, fauchen und miauen. Offensichtlich hatten meine beiden Katzen den Einbrecher überrascht. Gut, solche wilde Stubentiger wie Lu und Lulu zu haben.

In der Küche angelangt traf es mich wie ein Keulenschlag. Nicht zu fassen! Von wegen Einbrecher! Meine beiden Raubkatzen plünderten gerade den Kühlschrank, in dem leckere Schokolade lag. Dabei entbrannte offensichtlich ein heftiger Verteilungskampf zwischen ihnen. Ich scheuchte die beiden Schleckermäulchen aus der Küche und wollte gerade wieder den Kühlschrank einräumen, als meine Frau in der Küchentür auftauchte und empört rief: „Aha! Habe ich Dich wieder beim heimlichen Naschen erwischt! Schäm Dich, ab ins Bett!" Unter meinem Bett hörte ich später ein fröhliches Glucksen von zwei aufgeheiterten Katzen. Na, sowas!

Der Dichter

Auch wenn seine Jamben,
selten Beifall fanden,
so waren doch die Alexandrinerverse,
seine wahre Archillisferse.

Er arbeitet jetzt im Kaufhaus,
mit dem Dichten ist es aus.
Probleme machen nicht mehr Verse,
sondern seine Ferse.

Heimat

Wenn die Menschen jung sind, zieht es sie oft in die weite Welt hinaus. Die Heimat und deren Mitbewohner kennt man so gut, dass so mancher denkt: „Ich will Neues sehen! Neues erleben!" Der eine oder andere hat auch das Gefühl: „Hier fällt mir bald das Dach auf den Kopf." So ziehen viele in die Welt hinaus und sehen: Hinterm Berg wohnen auch nur Leute. Leute, die so gut oder so schlecht wie in der Heimat sind. Mit der Zeit und nach so manchen Enttäuschungen erstirbt oft der kosmopolitische Zug, der Weltentdeckerdrang lässt nach, die Heimat lockt wieder.

Liegt es nur an den Enttäuschungen in der Ferne? Oder ist man dort nie so richtig heimisch geworden? Blieb dort stets nur ein Fremder? Ist es so, dass immer dort das Gras grüner ist, wo der Mensch gerade nicht ist? Locken die Erinnerungen an die Heimat und Freunde die dort wohnen? Wird man einfach mit der Zeit etwas Bodenständiger oder gar etwas konservativer? Oder ist es einfach eben nur so: In der Heimat ist es doch am schönsten?

Die Messe

Heiner besuchte voller Enthusiasmus die Fachmesse für Elektrotechnik. Was machten doch Technik und Menschheit Jahr für Jahr Riesenfortschritte. Allein schon die Medizintechnik bot wieder zahlreiche Neuheiten. Zufrieden lächelnd durchschritt er diese Messe mit Highlights der Technik. Um die Zukunft brauchte niemand mehr bangen, alles konnte maschinell erledigt werden. Welch rosige Zeiten standen ihnen allen bevor! Die Zeiten voller Sorgen lagen weit hinter ihnen, zur Bekämpfung jeden Übels gab es jetzt die passende Maschine. Der Fortschritt ließ keine Wünsche offen. Oh, Du neue Wunderwelt!

An der Gardrobe holte er voller goldener Zukunftsträume seinen neuen Wintermantel ab. Während des hinaus Gehens in die Kälte knüpfte er ihn zu. Dabei fielen ihm mehrere lockere Knöpfe ab. Die Technik vollbrachte die unglaublichsten Wunder. Aber Knöpfe, die an einer neuen Jacke fest dran blieben, waren wohl doch zuviel verlangt.

Die Orakel von der Rems

Auf dem Gelände der Gartenschau liegen auch die historischen Orakelplätze, die jährlich hunderttausende von Pilgern anlocken. Seit der Antike ist der stetige Strom von Ratsuchenden nie verebbt.

Die Orakel befinden sich an fünf verschiedenen mythischen Orten. Am Waiblinger Hallenbad befindet sich bekanntlich der verwunschene, unheimliche See Bächlin, aus dem Nessie auftaucht, sobald Unheil droht.

Auf dem See schwimmen auch viele Schwäne und Enten aus deren Flug ein alter Pontifex Maximus namens Julius C. Omen herausliest. Er ist einer der bekanntesten Auguren und stammt noch aus der Römerzeit.

Wer aber nun eher dunkle Geheimnisse hat und Rat sucht, begibt sich um Mitternacht zur Wegkreuzung am See, bei welcher die Trauerweiden tief die Äste hängen lassen. Diese hängen so tief, da das Wissen was an dieser Stelle schon alles schaurige geschah, die Weiden belastet. Und weil die mythische Atmosphäre schwer auf der Gegend liegt. Drei aus Shakespeares Werken bekannte Hexen treiben dort ihr Unwesen und murmeln dunkle Orakelsprüche, die so manchen unglücklich machten. Wanderer, weiche von dannen!

Wer sich lieber von den alten Ureinwohnern den keltischen Druiden oder von alten Inkamedizinmännern weissagen lassen will, der begebe sich zu den alten Ritualplätzen, die an der Rems verstreut liegen.

Bei den versteckten Steinkreisen und heiligen Hainen der Kelten sagen alte Zauberer wahr. Es wurde dort auch schon mehrfach Merlin gesehen!

Die magischen Orte der Inkas sind in den Wäldern an der Rems verborgen. Wer sich hier weissagen lässt, sollte nicht über Kopfschmerzen klagen, denn die Inkas sind für ihre Freude an Kopfoperationen bekannt.

Das mystische Gelände

Die Gartenschau befindet sich auf sehr geschichts- und sagen-trächtigem Gelände. Wo in Waiblingen einst das Schloss Camelot stand, steht heute das Waiblinger Rathaus. Unter diesem befindet sich noch heute der alte Schlosskeller, wo einst König Arthus und seine Ritter fröhliche Feste feierten. Von Camelot aus beschützten sie auch die riesige Fischereiflotte, die in der Rems Lachse fing. So viele Lachse, dass heute die Rems frei von Lachsen ist. Auf dem ganzen Gartenschaugelände bis kurz vor Schwäbisch Gmünd, wo einst die Gralsburg stand, zogen die Ritter zu wilden Abenteuern aus.

Auf verschiedenen Seen im Umkreis z.B. beim Waiblinger Hallenbad kann man noch heute um Mitternacht Schwäne sehen, die ein Boot übers Wasser ziehen, in dem Lohengrin und König Ludwig II. von Bayern sitzen. Oft wird auch das kleine Schiff gesehen, mit dem Feen den tödlich verletzten König Arthus in Sicherheit brachten.

Beliebt bei den Besuchern der Gartenschau ist die Remsterrasse. Vermutlich nach Vorbild der Brühlschen Terrasse in Dresden gebaut. Gelegentlich beschleicht einen das Gefühl, dass in Kürze sächsische Könige und ihre Hofleute darüber schlendern werden.

Überhaupt, zum gemütlichen Schlendern bietet sich das Gelände der Gartenschau an. Jede der teilnehmenden Städte hat besonders schöne Orte zur Verfügung gestellt und das Ganze wird gekrönt von Veranstaltungen der verschiedensten Art, z.B. Lesungen auf der Kunstlichtung und am See beim Waiblinger Hallenbad. Das alles und noch viel mehr muss man gesehen und erlebt haben. Es lohnt sich!

Stonehenge in der Talaue

Immer wieder wundern sich Besucher der Gartenschau, warum beim Dunkelwerden Elfen, Einhörner und andere magische Geschöpfe sichtbar werden. Dies liegt daran, dass einst auf der Talaue Schamanen einen heiligen Hain hatten. Nachdem dieser durch häufige Überflutungen durch die Rems zu starken Schaden nahm, bauten dort später Druiden den größten Steinkreis der Welt, Stonhengle dela Schwabia. Aus allen Ländern kamen Kranke und Ratsuchende hierher, um sich helfen zu lassen. Doch wie bei vielen Auengebieten gab der Boden mit der Zeit nach und der Steinkreis versank allmählich. Englische Magiere, die hier zu Besuch weilten, bauten später in England eine kleinere Kopie nach, die sie Stonehenge nannten. Doch die inzwischen heimatlosen Druiden, Elfen und anderen magischen Geschöpfe der Talaue führten lange ein rastloses Dasein, bis zur Gartenschau die Kunstlichtung in Form eines heiligen Haines errichtet wurde. Vor allem wenn dort abends Lesungen sind, können Lesungsbesucher im Schatten der Bäume Zuhörer aus anderen Zeiten schemenhaft sehen.

Das Waiblinger Duell

Vor der ehemaligen Gladiatorenarena Rundsporthalle lag früher der Waiblinger Vorort Bierreich. Hier lebten, liebten und litten die Spießer der Umgebung. Einziges „Vergnügungszentrum" durfte sich Auerbächles Kellerle nennen. Ansonsten gab es weit und breit keine Gastwirtschaft oder gar Verruferenes. Eines Tages tranken die drei Freunde Johann Wolfgang von G., Till E. und Baron von M. dort ihren Schoppen Wein. Genauer gesagt ihren 8. Schoppen, während ein als kleiner Mensch verwandelter Teufel erschien. Er fragte, wer von ihnen drei der wohl Bedeutendste sei, worauf sie antworteten:

„Natürlich ich, Till E.. Denn ich habe schon in ganz Deutschland Menschen an der Nase herumgeführt."

Unwirsch erwiderte der Baron von M.: „Was besagt das schon! Meine Abenteuer kennt jedes Kind!"

Johann Wolfgang von G. seufzte: „Ach, ich bin nur ein armer Dichter, der die Menschen in seine Traumwelten einlädt. Ich bin es wohl nicht."

So entspann sich vom Teufel aufgehetzt hauptsächlich ein großer Disput zwischen Till E. und dem Baron von M., bis beide riefen: „Morgen beweisen wir, wer von uns bedeutender und mutiger ist!"

Am Tag ihres Duells erschossen sich an anderer Stelle Waiblingens gerade Toc Pollygay und Lesse Flames bei einem Duell gegenseitig, als Johann Wolfgang von G. aus seinem Hochwachturm eine bizarre Szene sah. Till E. hatte von der Stadtmauer quer über den Stadtgraben ein Seil gezogen und es gegenüber an einem Baum festgemacht. Nun stolzierte er über das Seil mit allen Schuhen Waiblinger Bürger in einem Sack. Gerade als er diese mitten auf dem Seil ausschüttete, schoss Baron von M. eine Kanonenkugel ab, sprang darauf und wollte Till E. vom Seil schießen. Doch der wich aus und der Baron flog an ihm vorbei ins All. Zum Glück kollidierte er dabei nicht mit einem Ufo. So kam es, dass von Waiblingens Boden aus die erste bemannte Raumfahrt zum Mond startete. Till E. floh vor den erzürnten Bürgern der Stadt, die ihm ihre Holzschuhe und Stiefel um die Ohren schlagen wollten, welche er vom Seil aus herabschüttete.

Johann Wolfgang von G. aber, beschloss, in seinem Hochwachtturm ein Buch über dies alles in verschlüsselter Form zu schreiben. Ohne dies zu wissen, wurde er dadurch zur bedeutendsten Person der drei ehemaligen Freunde. Der Teufel lachte laut, als auch er selber in diesem Werk vorkam. Es hieß „Fäustle".

Waljäger auf der Rems

Der bekannte Weinstädter Pirat und Waljäger Klaus Störtdenbäcker unternahm von Weinstadt aus häufig Kaperfahrten zu den reichen Pfeffersäcken nach Stuttgart. Eventuellen Verfolgern konnte er immer wieder durch das weit verzweigte Netz von Zuflüssen, die in die Rems mündeten, entkommen. Trotz Walfangverbotes jagte er während der Kaperfahrten nebenbei immer wieder Wale in der fischreichen Rems. Im Laufe der Jahre nahm sein Übermut so überhand, dass er es nicht einmal für nötig hielt, den Radar anzuschalten. So kam es denn eines Tages zum Zusammenstoß mit dem U-Boot von Kapitän Nemo, den beide Schiffe nur schwer angeschlagen überstanden. Nemos U-Boot schaffte es gerade noch in den Hafen bei der Talaue, Störtdenbäckers Schiff trieb ruderlos durch die reißenden und schäumenden Strudel der gefürchteten Rems. Plötzlich näherte sich ein seltsames weißes Schiff. Es kam näher und näher. Die Piraten jubelten über die nahende Rettung und versteckten schnell ihre Harpunen, falls die Retter vielleicht auf einem der vielen Tierschützerboote nahten, die den Walfang verhindern sollten. Als das Boot auf Augenhöhe lag, erlitten die Piraten einen schweren Schock! Vor ihnen befand sich kein weißes Boot, sondern ein bekannter weißer Wal. Movvy Dock. Der Rächer aller toten Wale. Ganz in Weiß, der Farbe der Unschuld. Er rammte und rammte das Piratenschiff immer wieder, bis es sank. Die Piraten kamen nicht mehr an die vorher versteckten Harpunen. Es hätte auch nichts genützt, denn Movvy Dock kam nicht allein, sondern zusammen mit dem Rächerclan unterdrückter Tiere: Einem weißen Hai, Nessie und einem bekannten Killerwal.

Die Piraten büßten nun aufs Grausamste ihre schlimmen Taten und ihre Seelen fanden dennoch keine Ruhe. Deshalb sieht man noch heute das Gespensterschiff auf der Rems fahren und immer wenn es auftaucht, sagt es großes Unglück voraus. So z.B. bei der letzten Steuererhöhung oder als die Inkas versuchten Weinstadt zu erobern.

Merke: Was Du nicht willst, das man Dir tut, füge auch keinem anderen zu!

Atlantis lag zwischen den gewaltigen Ufern der Rems

Vor Jahrtausenden lebte das emsige Volk von Atlantis auf einer Vulkaninsel in der Rems. Von hier aus besiedelten sie per Schiff weite Teile der Erde. Denn durch den breiten, reißenden Strom der Rems gelangten sie mühelos überall hin. Eines Tages brach der Vulkan so heftig aus, dass nur wenige Menschen von der sinkenden Insel entkamen. Viele geflüchtete Frauen gründeten die Amazonenstadt Waib-Lingen, die lange erhalten blieb. Wie in meinem Heimatkundebuch: „Schaufelraddampfer auf der Rems" geschildert, wurden die Einwohner dann zum größten Teil durch die vorwärts drängenden Staufer vertrieben.

Während die weiblichen Atlantisbewohner also Waib-Lingen gründeten, zog es die Männer in die weite Welt z.B. die USA. Dort wurden Tellerwäscher vom ehemaligen Atlantis-Seebabstand Millionäre oder Indianerhäuptlinge z.B. Geronimo. Die meisten Männer gingen aber in eine Gegend der USA, die nach ihnen benannt Atlanta hieß.

Der Vulkan auf Atlantis explodierte wie geschildert mit unglaublicher Wucht. Ein zufällig vorbeifahrendes niederländisches Schiff schleuderte der Sog so stark in die Luft, dass es noch heute um die Erdumlaufbahn fliegt. Man nennt es den Fliegenden Holländer oder the flying Cheeseburgerle. Russland nutzte das Unglück des Schiffes aus und behauptete, einen Sputnik ins All geschossen zu haben. Jahrzehntelang fielen viele Menschen auf diese unglaubliche Lüge der Russen herein. Doch nach lesen dieser hochwissenschaftlichen Dokumentation wissen nun alle die wissenschaftlich verbürgte Wahrheit. Der Vulkanausbruch sorgte übrigens auch noch für eine andere Legende, die hiermit widerlegt wird. Viele Menschen glauben an fliegende Drachen. In China vor allem in Form von drachenähnlichen Seeschlangen, die durch die Lüfte schweben. Derartige Fabelwesen hat es natürlich nie gegeben. Jeder Glaube daran ist völliger Unfug, und kein vernünftiger Mensch kann an so etwas Glauben. Die Wahrheit, aus der diese Legende entstand, ist sehr einfach. Wie das holländische Schiff riss der gewaltige Vulkanausbruch auch die arme Seeschlange Nessie in die Luft und trieb sie durch den starken Luftstrom ein paarmal um die Erde. Wie jeder Leser sehen kann, entstehen oftmals aus völlig logischen und normalen Ereignissen die unglaublichsten Sagen. Um besser als andere informiert zu sein, lesen Sie am besten weiterhin unsere hochwissenschaftliche Buchreihe.

Buchantiquariat der Nöck – Edition Nöck

Neptun und der Wassermann Nöck lebten viele hundert Jahre lang in den geschichtsträchtigen rauen Fluten der Rems. Immer wieder versuchten sie, sich auf dem umgebenden Umland heimisch zu machen, doch die völlig ungebildeten Landbewohner stießen sie ab. So langweilten sie sich lieber unter Wasser, statt Gespräche der Marke: „So, so, ah, ja, aha…" anzuhören. Durch die zunehmende Waljagd in ihren Gewässern und viel zu heitere Delphinschwärme, die der bekannte Delphin Flupper anführte, drängte es sie dann aber doch heraus ins ruhige Umland. Sie schwammen zur für sie in jeder Hinsicht zu heißen Vulkaninsel Atlantis (die es damals noch gab) und holten sich von dort wissenschaftliche Bücher. Diese nannte man nach ihren ehemaligen Besitzer Atlanten. Von der ebenfalls in der Rems liegenden Insel Utopia besorgten sie so genannte utopische Romane.

Mit diesem Anfangsmaterial gründeten sie das Buchantiquariat der Nöck, um Kultur und Wissen von den idyllischen Inseln aufs Festland zu bringen. Aus Dank für diese Leistung meißelten die nun ENDLICH gebildeten Landbewohner den Kopf des Wassermanns Nöck an die Eckseite des von ihm und Neptun gegründeten Buchantiquariats. Der Kopf ist noch heute zu sehen. Ecke Zwerchgasse/Scheuerngasse.

Nachfolger, wie der Autor und Geschichtsforscher Ralf Neubohn, betrieben nicht nur die Fortbildung der Menschen durch Verkauf historischer Bücher fort, sondern veröffentlichten auch mehrmals im Jahr neue Autoren aus der Region.

Unterstützen bitte auch Sie den kulturellen Beitrag des Nöck und seine Veröffentlichungen neuer Autoren durch den Kauf von ein paar seiner regelmäßig erscheinenden Werke.

Revolution der Märchen

Als Buffalo Hill eines Tages eine Herde Bisons über das Schmidener Feld verfolgte, sah er Schreckliches! Ein Wolf kämpfte mit einem Mädchen, dessen rotes Käppchen strahlend leuchtete. Er wusste nur ein schneller, gut platzierter Schuss konnte furchtbares Unglück verhindern. Mitten im schnellen Ritt zielte unser Held und traf glücklicherweise genau ins Herz. Ins Herz Rotkäppchens, welche unter Umständen den armen Wolf mit ihrer Gegenwehr hätte verletzen können. Denn wir wissen ja alle: Wölfe sind vom Aussterben bedroht und stehen daher zu Recht unter Artenschutz.

An anderer Stelle küsste in einem Dickicht bei Schorndorf die Prinzessin einen Frosch. Darauf verwandelte sie sich in einen Storch und fraß den Frosch. Denn die Prinzessin stammte vom Kalif Storch ab.

Und so gingen alle Märchen ihren bekannten, üblichen Gang, wie wir ihn alle kennen und lieben, als die Märchen plötzlich merkten: Die Kinder lesen keine Märchen mehr und somit verblassen wir Märchen erst allmählich und sterben dann. Denn je mehr Märchen gelesen werden, desto stärker strahlen sie. Liest sie aber keiner mehr, verblassen sie bis zum Erlöschen. Und da unsere Kinder nicht zu Unrecht bei einer Studie schlecht wegkamen, schlug den schönen Märchen um ein Haar die letzte Stunde. Sie beschlossen daher einen Protestmarsch nach Berlin und Brüssel, um für sich Artenschutz zu verlangen. Protestierend marschierten sie durch die Straßen mit Plakaten wie etwa: „Schluss mit den Schulpissern!" Oder: „Wir wollen leben!" Da aber an beiden Regierungssitzen sich die Politiker nur um die Wirtschaft und um nichts anderes kümmerten, stand es schlecht um die Märchen.
Und wenn sie nicht gestorben sind …

Der erfolgreiche Exorzist

„Leben und leben lassen" ist meine ganz persönliche Einstellung. Somerset Maugham hat dies in seinem Roman „Rosie und die Künstler" auch sehr gut und humoristisch zum Ausdruck gebracht. Die Menschen sind halt nun mal, wie sie so sind. Doch auf dem Heiligen Stuhl von Weinstadt herrschte einst der unduldsame Papst Ignoranz II. und beschloss der Sünde ein Ende zu bereiten. Er schickte einen Exorzisten und andere unermüdliche Weltverbesserer nach dem Weinstädter Vorort Old Wapping, der einst am Ufer der Rems lag. Sie rotteten so erfolgreich die Sünde aus, dass sich schließlich in Old Wapping kein Leben mehr regte. Auch nicht mehr im Palast des Papstes Ignoranz II.

Merke: Wer frei von Schuld ist, der werfe den ersten Stein.

Ratgeber für die Gartenschaubesucher

Als auf der Talaue die UNO ihr neues Hauptquartier errichtete, dachte sie noch nicht an die Folgen. Die 3 Millionenstadt Waiblingen ist ja bekanntlich eine der pulsierendsten Großstädte der Welt. Wegen der zahlreichen Flussarme der tosenden Rems heißt sie auch nicht umsonst „Venedig des Remskreises". Zwei gute Gründe, hier am Puls des Welthandels das neue UNO-Hauptquartier zu errichten. Doch ach, die Probleme verfolgten die UNO bis nach hier. Piraten von Somalia vereinigten sich lange Zeit mit den bekannten Remspiraten Drake, Morgan, Blackbart usw. Durch die Flusskanäle der reißenden Rems gelangten sie immer wieder bis ins Herz von Waiblingen, zum Antiquariat Nöck und plünderten dort die jeweils neusten Büchle der Edition Nöck. Dieser Kulturraub findet nach der Zerschlagung der Piratenflotten nicht mehr statt, doch sie genießen in ihren Verstecken in Lichtenstein, Schweiz und Luxemburg die zusammen gestohlenen Gelder + Beutekunstschätze. Neu-Waiblinger sollten sich trotz der Flucht der Piraten nicht zu weit in die Talaue wagen, da noch immer Reste des zersprengten Piratenheeres unterwegs sind.

Vor allem wenn Waiblingens Gondeln Trauer tragen, folgt bald darauf der Tod im Venedig des Remskreises. Die schwarzen Gondeln sind Vorboten persönlichen Unglücks wie z.B. Zahnarzttermine. Wenn Sie aber einmal nachts das Gespensterschiff sichten, sagt es für die gesamte deutsche Hauptstadt Waiblingen großes Unglück voraus. So etwa als seinerzeit in Waiblingens Condorfarmen die Vogelgrippe ausbrach. Vorsichtige Einheimische essen noch heute kein Condorfleisch von hier.

Um sich nicht strafbar zu machen, muss der Neu-Bürger darauf achten, dass bestimmte Delikatessen nicht aus der Rems gefischt wurden! Denn durch die Überbevölkerung kam es zur Überfischung der Rems. Folgende Leckerbissen aus der Rems stehen daher unter Artenschutz: Haie, Riesenschildkröten, Austern, Riesenhummer. Strengstes Jagdverbot besteht auf der Rems für Wale + Delphine. Sollten Sie als Sonntagsangler es dennoch versuchen, drohen schwere Strafen von der Justiz und schlimmer noch durch verschiedene Meeresungeheuer, wie Bodzilla, Killerwale, Riesenalligatoren und einem weißen Wal. Auch wird das Jagdverbot durch AWACS Aufklärungsflugzeuge und schwere Kampfschiffe der Marine überwacht. Wer sich im dschungelartigen Gestrüpp am Ufer der schäumenden Rems eine Schildkrötensuppe kochen will, sollte daher selbst ganz ausgekocht sein. Sonst verbrüht er sich nicht nur die Finger! Davon abgesehen, hausen im Dickicht Anakondas, Killerzwerge, Kampftrolle, Drachen, gescheiterte Wirtschaftsberater und manches Schreckliche mehr. Und wer will sich dem schon sonntags aussetzen. Also lieber ab in den Besen!

Der Koloss von Schwanos

Als Odysseus von einer seiner Fahrten in die heimatlichen Gefilde heimkehrte, nahm seine Vorsicht zu. Das liebliche, von schönen Amazonen bewohnte Waib-Lingen lohnte die gefahrvolle Fahrt auf der reißenden Rems, mit ihren vielen Stromschnellen, Strudeln und gelegentlichen schwarzen Löchern, durch welche viele ahnungslose Seefahrer in fremde Dimensionen katapultiert wurden. Bei Weinstadt fuhr sein Schiff beim Orakel von Delphi vorbei und er löste vorsorglich Rotalarm aus. Er wusste: Ab hier nahmen die Gefahren zu. Zwischen Delphi und den hängenden Gärten von Theben lauerten die meisten Gefahren. Die Gärten von Theben nennen sich heute Klostergärtchen und liegen bei der Nikolauskirche. Vor ihnen sind die Niagarafälle und der Koloss von Schwanos, der auf einer der Erleninsel vorgelagerten kleinen Insel über die Sicherheit der Seefahrer wacht. Doch bis zu dieser Sicherheit zu kommen, erforderte Wachsamkeit, alle Segel im Wind für schnelle Fahrt und geladene Lasergeschütze. Immer größere Schwärme von hungrigen Piranhas umschwammen das Schiff, Geier begannen schon gierig zu kreisen. Vermutlich auch der Geier des Finanzamtes. Sie gaben freudig schmatzende Geräusche von sich. Die Loreley saß singend auf einem Felsen, Meerjungfrauen tummelten sich auf kleinen Klippen, der Gorilla Hing Hong durchschritt brüllend die dschungelartigen Wälder am Ufer, auf der Suche nach seinem blonden Engel Marlene.

Im Vorbeifahren sah Odysseus Bliemanns Ausgrabung des Nibelungenschatzes, einen Überfall von Inkas auf eine Stauferpatrouille, landende Raumschiffe auf der Remsinsel Utopia, das Wrack der Giganic und so manches mehr. Vor der Gladiatorenarena „Rundsporthalle" ließ Odysseus einen dreidimensionalen Schutzschirm aufbauen, denn hier lagerten oft gefährliche Piraten wie Störtdenbäcker, der rosa Kosar, Captain Blake und wie sie alle hießen. Doch er sah nur völlig zerstörte Schiffswracks. Hatte hier wieder ein gefährlicher Wirbelsturm gehaust? War wieder ein Vulkan auf einer der vielen großen Remsinseln ausgebrochen? Kalt lief es ihm den Rücken hinunter. So kurz vor dem Ziel, den beiden Weltwundern, die Sicherheit + Glück bedeuteten, überkam ihn die Angst. Würde er die Gärten von Theben und den Koloss von Schwanos je wiedersehen?

Nessie, das Ungeheuer von der Talaue, schwamm hektisch an ihm vorbei. Auch Movvy Dock und ein Killerwal flohen in Panik. Was konnte nur so gefährliche Wesen zur Flucht veranlasst haben? Nur das, was auch die gefährlichste Piratenflotte aller Zeiten völlig zerstörte. Odysseus besaß von seinen vielen Abenteuern her viel Phantasie, aber ein derartiges mächtiges Wesen konnte er sich nicht vorstellen. Nervös umrundete sein Schiff das Bermuda-Dreieck und näherte sich den Niagarafällen. Diese lagen zwischen den Gärten von Theben und einer Schleuse. Dort lag auch der Sicherheit versprechende Koloss von Schwanos in Sichtweite. Nur noch ein kleines Stück und …

Doch da brach plötzlich das Grauen über ihn herein. Aus den unergründlichen Fluten der Rems stieg Bodzilla empor. Der Schrecken aller Seefahrer weltweit. Odysseus befahl dem Mann am Ruder eine Kehrtwende, gab gleichzeitig den Befehl alle Laser- und Flakgeschütze abzufeuern. Doch das Schiff konnte nicht wenden. Von hinten hielt es eine Riesenkrake umklammert, während von vorn trotz zahlreicher Treffer Bodzilla immer näher stürmte.

Vom Koloss von Schwanos aus ortete der Radar die Gefahr. Amazonen-kriegrinnen ritten auf Zentauren los, um mit Pfeil und Bogen Bodzilla zu beschießen. Ein Zeppelin startete vom nahe gelegenen Schmidener Feld Flughafen, um das Ungeheuer mit Bomben zu beschießen. Von der Uferböschung aus feuerten die Küstengeschütze mit 8,8 cm

Geschützen auf die Bestie, die versuchte den Schutzschirm des Bootes zu durchbrechen. Noch hielt dieser, aber er flackerte immer öfters bedrohlich, während an Bodzilla alle Treffer abprallten. Die Marine mit den Schlachtschiff Graf Spee, das in dem Krieg gegen die Inkas eine große Rolle gespielt hatte, eilte ebenfalls dem verzweifelten Odysseus zur Hilfe. Es konnte nur noch Sekunden dauern bis der Schutzschirm brach und nichts hinderte dann mehr das Ungeheuer daran, sein fürchterliches Werk zu vollenden. Ein roter Dreidecker beschoss es inzwischen auch noch erfolglos mit Maschinengewehren. Da ...

... gab es eine viertelstündige Werbepause. Mit glücklichen Kühen, eisgekühlten Bier und so manchem mehr. Aber gleich nach der Werbepause sah die Lage wieder verzweifelt aus. Mit einem lauten „Blobb" durchbrach und vernichtete Bodzilla den Schutzschirm, griff sich Odysseus und hob ihn vor seine grässlichen Nüstern. Ergeben atmete Odysseus aus, ließ alle Hoffnungen fahren und gab sich dem unvermeidlichen Schicksal hin. Mit einem lauten „Wurgs" ließ Bodzilla ihn fallen und floh panikartig zusammen mit der Krake und ward nie wieder gesehen. Alle Kämpfenden sahen ihnen verblüfft nach und erklommen dann Odysseus Schiff um mit ihm eine große Party mit schwarzem Bier zu feiern.

Der Held setzte zu einer sehr langen Rede an, indem er sagte: „Ich will nur kurz ein paar Worte sagen ...", als plötzlich alle ihn umstehenden grün im Gesicht wurden und röchelnd zu Boden sanken. Setzte der Held etwa heimlich verbotenes Kampfgas in der Schlacht ein? Nein, was das Ungeheuer vertrieb und den Rettern den Garaus machte, nannte sich „Stöhner Seepapp". Ein Seefahrer Schnellimbiss bestehend aus altem Fisch, viel Knoblauch, Zwiebeln, Seetang und scharfen Gewürzen. Diesem Geruch konnte niemand widerstehen. Dafür floh Bodzilla meilenweit.

Angeblich soll es dieses Essen mit ähnlichen Namen noch heute geben, aber das ist doch kaum zu glauben. Prometheus brachte schließlich den Menschen das Licht und das Wissen, so dass sie sich heute wohl kaum noch so barbarisch ernähren. Die Moral von der Geschichte: Dufte nicht!

Übrigens ließ dies Abenteuer den armen Odysseus so altern, dass er nun innerlich gleichaltrig mit Methusalem war und mit diesen zusammen ein Restaurant in Waib-Lingen eröffnete.

Wenn die Giganic im Mondschein über der Rems schwebt

Wie in meinem heimatgeschichtlichen Buch „Schaufelraddampfer auf der Rems" geschildert, wurde die Rems im Laufe der Zeit zu einer der Hauptschiffsrouten für den internationalen Schiffsverkehr. Hier kreuzten Flugzeugträgerflotten, Öltanker, Containerschiffe, U-Boote, das Gespensterschiff, die Bounty, der Seeadler und wie sie alle hießen. Jagd auf diese lukrative Beute machten zahllose Piratenflotten (siehe mein Marinefachbuch: „Atlantis lag in der Rems"). Klaus Störtdenbäcker, der rosa Kosar, Blake, Morgan, Drake hausten furchtbar unter den Frachtschiffen, trotz zahlreicher Kreuzer- und schwerer Schlachtschiffverbänden, die von der UNO entsendet wurden. Selbst von Somalia her nahten Piraten, um an dem lukrativen „Jagdwettbewerb" teilzunehmen. Dieser brachte mal dem einen Piraten, mal dem anderen die goldene Freibeuterplakette.

Aber auch sonst lief der Schiffsverkehr mit der Zeit immer schlechter. Durch die zahlreichen Seeschlachten, welche ich in meinem kriegsgeschichtlichen Werk: „Als die Giganic in der Rems versank" schilderte, zog es auch immer mehr Haie, Piranhas, Riesenkraken, Killerwale usw. an. Zusammen mit den schon vorhandenen Seeungeheuern wie Nessie, Movvy Dock, Bodzilla machte es die lukrative Seefahrt für die Freie Hansestadt Waiblingen immer schwieriger. Eine Lösung des Problems drängte, denn seit Jahren schon saßen in der blühenden Seefahrermetropole Waiblingen alle führenden politischen und wirtschaftlichen Gremien. Auf der Korber Höhe prangte das neue Hauptzentrum der UNO, der Sitz der Bundesregierung befand sich auf dem Galgenberg und auf der Talaue das Finanz- und Handelszentrum des globalen Welthandels. Allen diesen Institutionen drohte nun die Gefahr, von der Versorgung abgeschnitten zu werden. Denn in der Millionenstadt Waiblingen lebten so viele Menschen, dass diese unmöglich ausreichend vom Land her versorgt werden konnten. Schätzungen der UNESCO nach waren es damals weit über 3 Millionen Bewohner.

Als die Versorgung durch Piraten und Monster immer häufiger zusammenbrach, gab es in Waiblingen Plünderungen, Hunger-aufstände und fast schon Anarchie. Blauhelmtruppen mit so genanntem „robusten Mandat" zogen ein. Sie sorgten gewaltsam für Ruhe an Land. Aber trotz AWACS Überwachungsflugzeugen, Kampfhubschraubern, verstärkten Marineflotten konnte in dem unübersichtlichen Gewirr der vielen Flussarme der Rems nicht für Ruhe gesorgt werden. Oft blieben die Bewohner von Utopia und Atlantis, welche seit Urzeiten auf den beiden Remsinseln lebten, ohne Nahrung. Radikale Jakobiner führten den aufgebrachten Mob zum Putsch gegen ihre Könige. Die Guillotine bekam viel Futter, die Menschen aber nach wie vor nicht.

Im Marineministerium auf der Talaue tagte eine Krisensitzung nach der anderen, während gleichzeitig die Versicherungsprämien für Schiffe ins Astronomische stiegen. Durchtriebene Spekulanten gaben Piraten immer wieder Tipps, wenn die Marine auf Piratenfang losfuhr.

Als eines Tages im Waiblinger Rathaus alle tagten, die etwas von Seefahrt verstanden, kam ihnen durch Zufall die Erleuchtung. Alle, die versammelten Admirale, Wikinger, Phönizier, Römer hörten von draußen ein furchtbares Gekreische. So schrecklich, dass viele meinten, die Matrosen des Gespensterschiffes gingen um. Selbst den hartgesottensten Leuten lief es eiskalt den Rücken herunter. Solch einen infernalischen Lärm gab es nicht mal auf Punkkonzerten. Dieses Gekreische brachte aber den Welthandelsplatz Waiblingen, der größten Freien Hansestadt, die Rettung. Aus einer schäbigen Matrosenspelunke, denn etwas Besseres konnte er sich nicht leisten, torkelte ein berüchtigter Waiblinger Buchantiquar singend (?) hinaus in die Straßen. Alle die ihn kannten, holten schnell Ohrstöpsel aus ihren Taschen, denn der Antiquar sang so furchtbar falsch, wie ein bekannter gallischer Barde. Bevor auch diesem ein Schmied den Hammer auf den Kopf schlug, grölte er noch: „Am Himmel …" dieses bekannte Lied brachte die Rettung! Ein gewagter Versuch startete heimlich in derselben Nacht. An das Wrack der Giganic die bekanntlich in der Rems ruhte, befestigten Techniker große Fesselballons, welche das Schiff wie eine Art Zeppelin empor in die Lüfte hoben. Fast unbemerkt flog die Giganic im Mondschein über die Rems hinweg Richtung Waiblingen. Die zahlreichen hungrigen Geier, Condore, Drachen und Flugsaurier staunten darüber nicht schlecht. Schier gab es einen tragischen Luftunfall, da niemand an den Gegenverkehr dachte. Denn bekanntlich fliegt nachts Rimbauds trunkenes Schiff über der Rems, sowie das Narrenschiff und der Fliegende Holländer. Doch noch einmal ging alles gut und für die Zukunft beschloss man, Ampeln und Verkehrsschilder per Fesselballon zur Verkehrsregelung in den Himmel zu schicken.

Als die Giganic zur Landung auf dem Schmidener Feld Airport ansetzte, staunten nahe Anwohner der Millionenstadt nicht schlecht über das fliegende Schiff. Leider muss es gesagt werden, dass es eine furchtbare Bruchlandung gab. Schiffe sind eben nicht dazu geeignet, auf Flugzeugrollbahnen zu landen. Doch später stellte dies kein Problem mehr dar, da nun die Schiffe beim Koloss von Schwanos in der Rems landeten. In dieses militärische Sperrgebiet bei der Talaue wagte sich kein Pirat oder Monster.

Über Monate hinweg wiederholte sich das Experiment mit der Giganic mit allen anderen Transportschiffen. An Fesselballons befestigt flogen sie über die Unholde hinweg, geschützt von roten Fokker Dreideckern. Aus Mangel an Beute verzogen sich die meisten Piraten und Seeungeheuer in ertragreichere Gegenden, so dass auf der Rems bald wieder eine Containerflotte der anderen folgte.

Merke: Selbst unsägliche Buchantiquare haben manchmal gute Ideen.

Die Ausgrabung

Um 14.40 Uhr bestieg in Baddington Mrs. A. Noliver den blauen Express, der sie über Nacht nach Paris brachte. Doch Paris und seine vielgerühmten Museen beeindruckten sie nicht im Geringsten. Sie wollte eine richtig große Stadt, mit wirklich wertvollen Altertümern sehen. So enterte Mrs. Noliver den Orientexpress, in dem es aber dieses Mal keinen Mord gab und fuhr in die alte Pharaonenstadt Waiblingen zur Gartenschau.

Bei Ausgrabungen des Archäologen Mäxle Mällowan waren im Süden Waiblingens alte Heiligtümer gefunden worden.

Mrs. Noliver kam mit dem Zug zur Siestazeit in Waiblingen an. Am Waiblinger Bahnhof saßen die Gepäckträger wie alle Waiblinger Bürger um diese Zeit mit dem Sombrero über dem Gesicht untätig auf den heißen Straßen.

Die Siesta dauerte immer bis zur Öffnung der Stierkampfarenen um 18.00 Uhr. Schnell fand sie allein die neben der Gartenschau liegende Ausgrabungsstätte. Sie schlendert über diese gedankenverloren, als plötzlich ein junges Mädchen auftauchte. Die beiden kamen ins Gespräch und das Mädchen erzählte bitter: „Früher lagen mir die Männer zu Füssen, beteten mich an und beschenkten mich reichlich. Und plötzlich haben sie mich einfach vergessen." Mrs. Noliver sagte, dass die Männer nun mal so seien. Das Mädchen berichtete weiter, wie einsam es jetzt sei und niemand käme je zu Besuch. Mrs. Noliver erwiderte: „Ich besuche Dich heute Abend. Wohin soll ich kommen?" Das Mädchen zeigte ihr ein großes Gebäude auf dem Ausgrabungsplatz. Mrs. Noliver dachte: „Aha, wohl eine Assistentin von Mr. Mällowan."

Um 18.30 Uhr kam Mrs. Noliver zu dem Gebäude. Doch nirgends zeigte sich menschliches Leben. Beim Durchstreifen des Gebäudes klärte sich der Gebrauchszweck desselben auf. Vor vielen tausend Jahren diente das Gebäude als Tempel einer von den Waiblingern

verehrten Göttin. Vor einem großen Altar lagen noch Zeremonien-
becher und auf Bildern an den Wänden zeigten sich die Prozeduren
der heiligen Handlungen. Mrs. Noliver zuckte zusammen. Auf den
Bildern an den Wänden sah sie eine unglaubliche Ähnlichkeit mit dem
Mädchen von vorhin. Ein Geräusch ließ Mrs. Noliver herumfahren.
Aus einer Nische kam das Mädchen reich gekleidet. Mrs. Noliver
fragte fassungslos: „Sie …?" Das Mädchen antwortete knapp: „Ja!"

Ratgeber für Neu-Quelldorfer

Viele Menschen ziehen von weither in die Stadt Quelldorf, den Schmelztiegel Deutschlands. Dabei beachten sie nicht, dass hier nicht nur in der Vergangenheit einiges anders war, sondern auch in der Gegenwart.

Im Teil 1 für ‚Neigeschmeckte' berichten wir heute über die Wasser- und Stromversorgung.

Erfahrene Quelldorfer haben über ihre WCs, Dusch- und Wasserhähnen Fischnetze gespannt. Denn die Wasserversorgung dieser Stadt erfolgt über die tiefe, reißende, fischreiche Rems. Immer wieder gelingt es Krabben, Lachsen und sogar Haien auf der Flucht vor Nessie und Bodzilla durch die Leitungsrohre der Quelldorfer Wasserwerke zu entkommen. Früher oder später prasseln sie dann z.B. beim Duschen auf den ahnungslosen Badenden herab, was zu schweren Kopfverletzungen führen kann. Durch die aufgespannten Fischnetze wird dies nicht nur verhindert, sondern auch gleich nebenbei das nächste Mittagessen gesichert. Raffinierte lassen gleich das Wasser aus der Leitung heiß heraus und erhalten so den Fisch vorgegart.

Wer in Quelldorf Hamster kaufen will, wird sich wundern. Es gibt nämlich keine im Verkauf. Das liegt nicht daran, dass sie als Delikatesse gelten, sondern an der Stromversorgung. Diese erfolgt hier nämlich rein ökologisch, selbst in den Quelldorfer Slums. Jeder Einwohner ist verpflichtet für seine Stromversorgung selber zu sorgen. Dies geschieht meist über Hamster, die in ihren Käfigen auf einem Laufrad huschen. So wird der Spaß des Tieres für Ökostrom genutzt. Deshalb heißt Quelldorf auch Öko-Townle.
Aber auch wegen einiger anderer wichtiger Projekte. So wird für die Kurierpost kein Flugzeug mehr eingesetzt, sondern Flugsaurier

und Drachen. Der so genannte Drachenexpress, geleitet von Buffalo Hill.

Der Müll wird in Quelldorf zu 100 % ökologisch entsorgt. Selbst Sondermüll aus giftigen Chemikalien. Die Stadt nutzt dafür die zahlreichen schwarzen Löcher, die bekanntlich Tore zu anderen Zeiten + Dimensionen sind. Sollen die Lebewesen dort sich damit herumschlagen.

Ein wichtiger Tipp zum Schluss: Nutzen Sie im Winter keinesfalls die Quelldorfer Wasserversorgung aus der Rems! Denn statt Lachsen kommen dann oft Eisbären und Pinguine aus der Wasserleitung. Und wenn mal so ein Eisbär aus der Dusche auf Sie plumpst ...

Schätze

Bekanntermaßen haben sich auf der Rems und dem Kätzenbach einst große Seeschlachten abgespielt. So etwa beim Neustädter Vorort Trafalgar. Im Laufe der Zeit fielen auch viele spanische Goldgaleonen Piraten zum Opfer, die dann oft nicht mehr rechtzeitig zum Ausrauben der sinkenden spanischen Schiffe kamen.

In nächster Zeit wollen Schatzsucher die Arbeit von Drake, Morgan und Störtdenbäcker nachholen. Doch das erweist sich als sehr schwer. Delphine und Haie beeinträchtigen oft die Taucher, von Killerwalen ganz zu schweigen. Den Versuch die versunkenen Schiffe durch Hubschrauber zu bergen misslingt auch häufig, da die fliegenden Fische hier so hoch fliegen, dass sie die Flugsicherheit gefährden. Immer wieder geraten sie in die Rotorblätter.

Auch klammern sich Riesenkraken so fest an die Schiffe, dass die Kraft der Hubschrauber nicht ausreicht, diese zu bergen.

Die Waiblinger Aktienbörse (WAXLE) führt seit kurzem die Aktie „Die Jungen Abenteurer AG". Mit den Einnahmen dieser Aktie wollen junge Hitzköpfe gleich mehrere Projekte starten. Einen riesigen Staudamm bei Weinstadt errichten, durch dessen Wasserkraft der Strom des Remstals produziert werden soll. Dadurch könnten Waiblingens 3 Atomkraftwerke abgeschaltet und zu gigantischen Opernhäusern (durch die Kugelform gute Akustik) und Theatern umgebaut werden. Durch die Aufstauung der Rems bei Weinstadt wird der reißende Fluss danach zu einem Rinnsal. Dies ermöglicht es dann locker, die nun aus dem Wasser ragenden Goldschiffe zu entdecken und den wertvollen Inhalt gefahrlos zu bergen. Zusätzlich fällt es dann auch leichter, in dem nun seichten Gewässer Tiefseemeeresungeheuer zu sichten. So lässt es sich dann z.B. endlich beweisen, ob Nessie, Movvy Dock und Bodzilla in der Rems leben oder nicht. Doch der Preis für dies alles ist sehr hoch. Wie bei dem bekannten Staudamm in China müssen ganze Orte wie Weinstadt evakuiert werden, da sie im Stauwasser untergehen werden.

„Das ist ein fairer Preis", finden die Waiblinger, denn: Das Abschalten von Waiblingens 3 Atomkraftwerken und die Erforschung der Rems muss einem so etwas wert sein. Dass die Weinstädter dies anders sehen, dürfte niemanden überraschen. Niemand, außer den jungen, Waiblinger Hitz- und Brauseköpfen. Denn mit Orten wie Weinstadt geht nicht nur viel Lebensraum verloren, sondern auch viele kulturgeschichtliche Sehenswürdigkeiten. Etwa der Beutelsbacher Triumphbogen, der Grunbacher Prater und die Endersbacher Siegessäule. Nicht zu reden vom Endersbacher Dom, in dem alle deutschen Kaiser seit Karl dem Großen gekrönt wurden. Z. B. Barbarossa, Friedrich der Staufer.

Backnang

Das Santorin des Remstals liegt auf einem erloschen Vulkan, dem Kilimandscharo. Sein Gipfel ist so hoch, dass er durchs ganze Jahr eine Schneeschicht trägt. Diese schmilzt durch die globale Erderwärmung allmählich ab. Die beträchtlichen Wassermassen die dabei abfließen, verwandelten die ohnehin schon tosende Murr in einen ungeheuer gefährlichen Fluss. Die vielen Strudel haben ihr den Namen Bermuda-Dreieck des Rems-Murr-Kreises eingebracht. Zahlreiche Schiffe, selbst Flugzeugträger, sind dort schon verschwunden.

Die Murr ist so breit, dass es in ihr oft schwere Seebeben gibt. Vor allem bei den Victoriafällen am Ortsende.

Touristen lieben in Backnang vor allem die wunderschöne Innenstadt, die sich am Vulkankrater des Kilimandscharo hochzieht.

Massen von Touristen kommen im Frühjahr zu den Victoriafällen bei Backnang. Während es zur selben Zeit in Waiblingen den Lachssprung gibt, ereignet sich in Backnang Sensationelleres. Der Riesenkrakensprung. Um zu ihren Laichplätzen zu gelangen, schwimmen und klettern die Riesenkraken aus den Untiefen der Murr die Victoriafälle vor den Toren Backnangs hoch. Dort lauern schon raffinierte Lokalbesitzer auf diese, um ihren Gästen fangfrischen Krakensalat zu servieren. Die armen Riesenkraken: Kämpfen sich mühsam hoch, um auf einem Teller zu landen!

Da kann man nur eins sagen: Guten Appetit!

Michael Kerawalla

Karle Quäckerle on die Gartenschau

Nachdem i no die ledschde Monate zwischem Feuersee in Stuagat ond dr Wilhelma hin ond her pendelt bin, hab i dacht, es wär doch au mol wieder schee, nach Woiblinge zu fliege. So hab i mi heid uff dr Weg gmacht. Kaum bin i uff dr Rems in dr Nähe vom Bürgerzentrum glandet, her i doch scho mein alde Freind Alfons Schnatterle rufe:

„Ja des isch doch dr Karle Quäckerle! Di hab i aber au scho lang nemme gsäh!"

„Ja grüß Gott Alfons!", sag i zu dem. „Schee, dass i di au mol wieder seh! Woisch, für so en alder Enterich wie mi ischs halt in dr Wilhelma ganz bequem. Do kriegsch emmer ä guats Futter ond fürd Nacht ä scheenes, bequemes Plätzle. Jetzt hot mi aber neulich s'Hoimweh packt, so ben i halt mol wieder nach Woiblinge gfloge."

„Des isch aber schee, dass du ons au mol wieder bsuche kommsch!", sagt dr Alfons.

„Du, Alfons, sag amol, hots bei euch neulich ä Hochwasser gewe?", frog i mein alte Kumpel.

„Noi, wie kommsch jetzt do druff?", wundert sich dr Alfons.

„Die zwoi Inseln do in dr Rems, die sen doch neu. Die sehn so aus, als ob do's Hochwasser lauder Sand ond Stoiner abglegt hat."

„Awa, des sen doch die Remsinseln für'd Gartenschau!", erklärt mir do dr Alfons.

„Was für ä Gartenschau?", frog i ahnungslos.

„Mensch Karle, hosch do no nix drüber ghört?"

„Noi", sag i total überrascht.

„No wirds aber Zeit! S'Remstal entlang machet se d' Rems-Gartenschau, von Remseck bis nach Essingen ronder!", erklärt mir mei Freind.

„Echt jetzt?", frog i baff.

„Ha joo! Des schnattern scho alle Ente dr Bach ra!", ruft do dr Alfons.

„No henses aber net bis nach Stuagat gschnattert", sag i zu ihm.

„Ja, no woischs halt jetzt", sagt dr Alfons ond zeigt mit oim Flügel ans Ufer. „On des do hente sen die Rems-Terassen. Die hense au für d' Gartenschau gmacht."

„Was, die zwoi kloine Stäffele?", sag i on denk, des ko jetzt net sein Ernschd sei. „Jetzt hab i dacht, des sei ä Uferbefeschdigung."

„Ä Uferbefeschdigung?, Mensch Karle, des isch heute moderne Kunschd!", empört sich dr Alfons.

„Nennt mr des jetzt so?", frog i barsch.

„Oh Karle, emmer noch dr alte Bruddler!"

„Ja, do ko i jetzt wirklich koi Kunschd dohinter sehe, hegschdens en scheener Platz zom Sonnen für ons Ente", sag i kopfschüttelnd zom Alfons.

„Oh Karle, du hosch mol wieder koi Ahnung!"

„Besser koi Ahnung als koi Esse!", so hoißt des bei ons Ente.

„Dann komm amol gschwind mit, no zeig i dir auch noch die Kunschdlichtung", sagt dr Alfons und fliegt los.

Na gut, eigentlich wollt i jetzt ä Päusle mache, aber i will mol net so sei, sonschd isch dr Alfons au no sauer uff mi. No flieg i halt gschwind mit. Kurze Zeit später landet dr Kerle zwische ä paar jonge Bäumle ond i setz neber ihm uff, schau mi om on wunder mi.

„Sodele, des isch jetzt die Kunschdlichtung für d' Gartenschau", erklärt dr Alfons net ganz ohne Stolz.

Do seh i jetzt ä Stückle Wiese, drom rum die jonge Bäumle.

„Die sen aber no mickrich", sag i ond deute uff die Bäumle.

„Ja die werdet noch groß bis zur Gartenschau ond sollet im Sommer schee viel Schatten spende", moint do dr Alfons.

„Wann isch denn die Gartenschau, in fufzig Johr", frog i kopfschüttelnd.

„Awa, in ä paar Monate“, sagt do dr Alfons.

„Bis do no werdet die Bäumle doch nie groß genug!“

„Du wirsch scho sehe!“, brummt dr Alfons ä bissle eigschnappt.

„Ach komm Alfons, loss uns oifach gschwind was esse, dann erzählsch mr, was du so triebe hosch, die letzte paar Monate.“

„Joo, des mache ma jetzt“, sagt mein alter Kumpel ond mir losset es ons schmecke. Dann hotter doch no en Haufe zom Verzehle, bis i vor dr Dämmerung wieder in d‘ Wilhelma flieg on s‘ mir dort weiter guat gehe loss. Mol sehe, vielleicht komm i jo wieder, wenn d‘ Gartenschau ofengt. Bis do no grüßt euch euer Karle Quäckerle.

Zauberhafte Führung über die Gartenschau

Heute besuchte ich zum ersten Mal die Rems-Gartenschau in Waiblingen. Ich hatte mich zu einer Führung angemeldet, die bei den Rems-Terrassen beginnen sollte. Dort traf ich auch pünktlich ein. Es befanden sich bereits weitere acht Personen dort, wovon eine ein sehr hübsches junges Mädchen war, das ein kurzes Kleid trug, welches scheinbar aus Blättern gemacht war. Sie war etwas kleiner als die restlichen Personen, sehr zierlich und lief Barfuß. Es war ein sonniger, angenehm warmer Tag, so würde sie sich bestimmt nicht erkälten. Ich fand die Kleidung des Mädchens sehr originell, erinnerte sie mich doch stark an die Elfen aus meinen Kinderbüchern. Es stellte sich heraus, dass sie heute die Führung durch die Gartenschau leiten sollte, was sie auch mit Engagement tat. Freundlich und mit glockenheller Stimme erklärte sie uns alles, beantwortete geduldig unsere Fragen und hatte dabei immer das liebenswerteste Lächeln auf den Lippen, das ich je gesehen hatte. Ich fand sie einfach nur bezaubernd. Auch die anderen Teilnehmer der Führung hatten sie bald in ihr Herz geschlossen und genossen die Führung mit dem zauberhaften Mädchen sehr. Sie führte uns weiter, an der Rems entlang, erläuterte hingebungsvoll und mit großem Fachwissen die uns umgebende Natur, erklärte die Bedeutung der Kuben, welche dort ausgestellt waren, bis wir schließlich auf der Kunstlichtung ankamen. Auch hier erklärte sie uns alles Wissenswerte und machte diesen Ort zu etwas Besonderem. Schließlich kamen wir am Überlaufbecken an, wo die Führung leider bald zu Ende war. Jeder von uns hätte diesem wunderbaren Wesen gerne noch stundenlang weiter gelauscht, doch sie musste bereits zur nächsten Führung. Nach einer herzlichen Verabschiedung und großem Applaus klappte das Mädchen plötzlich auf ihrem Rücken zwei Paar libellenartige Flügel aus, ließ sie immer schneller schlagen und hob dann mit sanftem Summen ab. Ihr Schmunzeln verwandelte sich in ein glockenhelles Lachen, als sie unsere verdutzten Gesichter sah, während sie in Richtung der Rems-Terrassen davonflog. Wir konnten es nicht fassen, sie war tatsächlich eine Elfe!

Faszinierende Lebensräume

Eine Gartenschau entlang des ganzen Remstales gibt uns die seltene Möglichkeit eingehend und weitläufig das Kleinod Garten zu ergründen. Doch nicht nur die vielfältigen Formen und Ausprägungen des Gartens selbst werden uns gezeigt, sondern bei genauerem Hinsehen eröffnet sich uns eine Welt, deren faszinierenden Zusammenhänge uns in Erstaunen versetzen! So finden sich darin zahlreiche Lebensräume: Vom Trockengarten bis zum Feuchtbiotop, von sonnendurchfluteten Wiesen bis schattigen Nischengärten ist alles vertreten. Jedes dieser Biotope hat seine eigene charakteristische Gruppe an Pflanzen, die oft nur unter ganz bestimmten Bedingungen gedeihen! Jede dieser Pflanzen benötigt bestimmte Mengen an Licht und spezifische Nährstoffe, sonst können sie nicht überleben. Doch nicht nur Licht und Nährstoffe, sondern auch die Tierwelt spielt oft eine große Rolle und steht in engem Zusammenhang mit dem Bewuchs. Viele Pflanzen benötigen Bienen zur Fortpflanzung. Jedoch nutzen andere Pflanzen auch Fliegen oder gar Vögel, um ihren Pollen oder die Samen zu verteilen. Oftmals werden die Tiere von den Pflanzen mit entsprechender Nahrung für ihre Dienste belohnt, jedoch gehen sie manchmal auch leer aus, denn einige Pflanzen betrügen ihre Bestäuber! Viele Pflanzen benötigen auch Pilze, um überhaupt zu existieren. Sie gehen mit diesen eine sogenannte Symbiose ein. Der Pilz versorgt die Pflanzen mit stickstoffhaltigen Nährstoffen, während die Pflanzen die Pilze wiederum mit dem Zucker aus ihrer Photosynthese ernähren. Diese faszinierende Fähigkeit, alleine aus Luft, Licht und Kohlenstoff Zucker herzustellen, zeichnet nahezu alles Pflanzen aus. Außerdem sind Pflanzen in der Lage auf biochemischem Weg die verschiedensten Stoffe zu bilden! Dadurch werden viele Pflanzen bis heute als Heilmittel verwendet und erhalten unsere Gesundheit, doch sind einige der gebildeten Stoffe auch tödliche Gifte! Viele Pflanzen könne auch noch in extremen Lebensräumen existieren, vertragen vollständige Austrocknung, extreme Hitze und Kälte, hohe Salzkonzentrationen, sogar Feuer, Überflutung und extreme Höhen! Trauen sie sich ruhig einmal genauer hinzusehen, versuchen sie die sensiblen Zusammenhänge zwischen der Umwelt, den Pflanzen, den Tieren und den Pilzen zu verstehen und sie betreten eine Wunderwelt, die sie in Erstaunen und Begeisterung versetzen wird! Gerade in Zeiten des Klimawandels, des Bienensterbens und des Aussterbens zahlreicher Tier und Pflanzenarten ist das Verständnis für diese einzigartigen Lebensräume so wichtig, denn mit der Faszination kommt die Achtung, mit der Achtung die Bewunderung und mit der Bewunderung der Schutz! Somit ergibt sich durch sie Gartenschau eine einmalige Gelegenheit sich der Natur auf einfache Weise zu nähern und ich verspreche ihnen, sie werden begeistert sein! Bitte nutzen sie die Chance. Die Natur wird es ihnen danken, womit auch unsere Welt und unser Lebensraum erhalten werden!

Die wunderbare Reise

Eine Weihnachtsgeschichte

Es war der Abend des dreiundzwanzigsten Dezembers und Lisa lag, wie schon so viele Male zuvor, im Krankenhaus. Das zehnjährige Mädchen hatte Krebs im Endstadium und war bereits, wie es die Ärzte so schön nannten, austherapiert. Lisa hatte gehofft Weihnachten zu Hause mit ihren Eltern verbringen zu können, doch leider hatte sich ihr Zustand rapide verschlechtert, so dass ein Krankenhausaufenthalt unumgänglich war. Nun lag sie müde und traurig in dem abgedunkelten Zimmer. Das vertraute Summen und Klicken der Apparate, die ihre Lebensfunktionen überwachten, machte sie schläfrig und alsbald fielen ihr die Augen zu. Kurze Zeit später erschien eine Gestalt neben ihrem Bett. Es war ein Junge, etwas älter als sie selbst, der von einem seltsamen Licht umhüllt wurde! Er hatte ein freundliches Gesicht und seine Aura war warm und herzlich.

»Sei gegrüßt kleine Lisa«, sagte der Junge freundlich. »Mein Name ist Dyriell und ich möchte dich auf eine wunderschöne Reise mitnehmen.«

Lisa sah ihn verwundert an. Wo kam dieser Junge nur so plötzlich her? War er etwa ein Engel? »Muss ich denn heute schon sterben?« fragte Lisa unglücklich.

Der Junge lächelte sanftmütig und schüttelte den Kopf. »Nein, dazu ist es noch zu früh. Du sollst mich nur auf einer kurzen, aber angenehmen Reise ein Stück weit begleiten. Dir kann dabei nichts geschehen, denn ich werde gut auf dich aufpassen und dich wohlbehalten zurückbringen. Du wirst staunen, denn es gibt viele interessante Dinge zu entdecken und zu erfahren! Möchtest Du mich begleiten?« fragte der Junge freundlich.

»Warum soll ich ihn nicht begleiten?« dachte Lisa. »Immer noch besser, als hier in diesem langweiligen Zimmer alleine zu liegen.«

Dyriell schien ihre Gedanken zu erraten und streckte lächelnd eine Hand nach ihr aus. Lisa ergriff sie und im nächsten Moment schwebte sie mit dem Jungen aus dem Zimmer in den mit Sternen übersäten Nachthimmel. Kurze darauf erreichten sie einen Wald und Dyriell zeigte ihr all die Lebewesen, die dort lebten, vom winzigen Insekt bis zum majestätischen Hirsch. Er zeigte ihr auch die zahlreichen Pflanzen und erklärte ihr, wie sie entstanden waren, wie sie diesen Lebensraum einst besiedelten und welche Rolle sie in der Natur spielten. Dyriell beschrieb jedes Detail, beantwortete geduldig Lisas Fragen und erläuterte in welchem Zusammenhang all die Lebewesen zueinander standen. Bald schon begriff Lisa, welch ein faszinierender und vielseitiger Ort dieser Wald war. Dann führte Dyriell sie weiter in eine Wüste, zeigte Lisa, dass dieser scheinbar so lebensfeindliche Ort doch die Heimat vieler Lebewesen war! Wieder beschrieb er die einzelnen Bewohner und mit welch beeindruckenden Strategien sie den Mangel an Wasser, die große Hitze am Tag und die eisige Kälte bei Nacht überstanden. Lisa staunte nicht schlecht und bald bewunderte sie die Bewohner dieses kargen Lebensraumes. Weiter ging es ins Hochgebirge, dann in die Sümpfe, in die Tundra, in die Steppe, bis tief in die Regenwälder. Sogar ins Meer tauchten sie hinab! Lisa hatte zuerst Angst, sie würde hier unten ertrinken, doch das Atmen unter Wasser bereitete ihr erstaunlicherweise keine Mühe. Auch hier erklärte Dyriell ihr all die verschiedenen Lebensräume, von den lichtdurchfluteten tropischen Riffen mit ihren zahllosen Bewohnern bis hinab in die dunkle, kalte Tiefsee! Lisa war fasziniert von all dem Leben und wie es zusammen wirkte. Dabei vergaß sie ganz, wie krank sie eigentlich war und wie schlecht sie sich noch kurz zuvor gefühlt hatte. Sie verstand nun immer mehr, wie komplex und trotzdem sensibel dieses faszinierende Netzwerk aus Biotopen war, wie all das Wirken der Lebensräume und ihrer Bewohner ineinander griff und ein faszinierendes Ganzes bildete! So überkam Lisa bald eine tiefe Ehrfurcht vor dem Leben auf ihrer Welt. Gleichzeitig musste sie mit ansehen, wie die Menschen mit ihrem rücksichtslosen Handeln nahezu alle Lebensräume immer mehr in Gefahr brachten, zerstörten und ausbeuteten. Jetzt begriff sie den Sinn dieser Reise! Genau diese Ehrfurcht und diese Erkenntnis wollte Dyriell ihr damit vermitteln. Der Junge erkannte es mit Genugtuung, worauf er Lisa wieder wohlbehalten in ihr Krankenbett zurückbrachte.

»Danke für diese wunderbare Reise!« sprach Lisa. »Leider werde ich mit diesen Erkenntnissen nicht mehr viel anfangen können, denn ich habe nur noch kurze Zeit zu leben.«

Dyriell lächelte geheimnisvoll und seine leuchtende Aura schien noch heller zu strahlen. »Du hast die Bedeutung dieser Reise wohl erkannt und dich damit als würdig erwiesen weiter zu leben. Wenn du morgen erwachst, wirst du gesund sein. Dies ist mein Geschenk zu Weihnachten für dich, kleine Lisa!« Er hielt kurz inne, um seine Worte wirken zu lassen.

Lisa sah ihn zuerst ungläubig an, doch als er zärtlich ihren Kopf streichelte und ihr ein liebevolles Lächeln schenkte, da wusste sie, dass er die Wahrheit sprach. Dies erfüllte sie teils mit Glück, jedoch auch mit Trauer. »Wenn du mich retten kannst, dann kannst du doch auch den anderen kranken Kindern helfen!« meinte sie hoffnungsvoll.

»Weitere meiner Gefährten sind gerade dabei, den todgeweihten Kindern auf dieser Welt zu helfen, und auch ich werde diese Reise heute Nacht noch mit weiteren Kindern machen. Doch nur, wenn sie die den Sinn dieser Reise verstehen und ihre Ehrfurcht vor dem Leben geweckt wird, können wir sie retten. Denn diese Rettung ist mit einer Bitte verbunden, nämlich die Welt vor weiterem Schaden zu bewahren und ihre einstige Schönheit und Vollkommenheit wieder herzustellen. Wohlgemerkt, es ist nur eine Bitte, keine Bedingung! Denn was ihr Menschen nicht seht, ist die Einzigartigkeit eurer Heimat. Dieser Planet ist in sehr weitem Umkreis die einzige Welt, die solch reichhaltiges Leben in großer Zahl trägt. Dies war einst ein Geschenk an euch mit der Bitte es zu bewahren und zu pflegen, doch ihr seid gerade dabei dieses wunderbare Geschenk zu ruinieren. Damit zerstört ihr jedoch auch die einzige Heimat die ihr besitzt. Deshalb unsere Bitte an euch, die eine weitere Chance erhalten um zu leben.

Lisa hielt tief berührt kurz inne. »Ich kann es dir nicht versprechen, doch ich werde mein Möglichstes tun, um deine Bitte zu erfüllen!« sprach sie dann mit rauer Stimme.

Dyriell schenkte ihr nochmals ein verständnisvolles Lächeln. »Sei gesegnet, kleine Lisa!« Sie wurde kurz von einem hellen Licht eingeschlossen. »Nun muss ich gehen, um meine Aufgabe weiter zu erfüllen. Hab ein langes, gutes Leben!« Dann löste sich seine Gestalt einfach auf und Lisa war wieder alleine. Mit einem Gefühl tiefer Glückseligkeit und neuer Hoffnung glitt sie weiter in einen traumlosen Schlaf. Als sie am nächsten Morgen erwachte und sie der Arzt untersuchte, traute er seinen Augen nicht. Lisa war tatsächlich wieder kerngesund! Niemand konnte sich ihre rasche Heilung erklären und alle glaubten an ein Wunder, doch Lisa vergaß nie diese Nacht und was Dyriell sie gelehrt hatte. Sie wusste, dass dieser Engel sie geheilt hatte, und sie würde dieses große Geschenk nutzen, um seine Bitte zu erfüllen. Dadurch wurde auch Lisas Wunsch erfüllt, zu Hause mit ihren Eltern Weihnachten zu feiern. Es wurde ein ganz besonderes Fest, auch für die Eltern, denn schließlich war ihnen ihr Kind wieder gegeben worden!

Ralf Neubohn

Nachwort

Liebe Leser,

Sie sind nun an das Ende unseres kleinen Büchleins gekommen.
Wir hoffen, Sie gut und abwechslungsreich unterhalten zu haben.

Falls Sie beim Lesen auf den Geschmack gekommen sind und
einen Autor für sich entdeckt haben, so gibt es von diesem weitere
schöne Bücher bei mir im Laden zu entdecken.

Falls Sie nach dem Lesen dieses Buches noch Fragen, Anregungen,
Vorschläge haben, können Sie sich gerne mit mir in Verbindung
setzen. Ich bin offen für kreative Ideen. Ralf Neubohn, Antiquariat
der Nöck, Zwerchgasse 6, 71332 Waiblingen, Telefon 07151 1336165,
E-Mail: antiquariat.noeck@gmx.de

Unter dieser Adresse können Sie sich auch bei mir melden, falls
Sie einmal eine Lesung buchen wollen.

Mit freundlichen Grüßen und bis bald?

Ihr Ralf Neubohn

Über die Autoren Ralf Neubohn und Michael Kerawalla:

Ralf Neubohn ist Autor zahlreicher Bücher. Er schreibt nicht nur Krimis, sondern auch heitere Romane und Kurzgeschichten.

Sein Kurzkrimiband „Neubohns Krimihäppchen" kommt bei den Lesungen immer besonders gut an. Bei den heiteren Büchern vor allem „Alle Autoren an Bord!" und „Im Tal der Autoren".

Beide Bände haben den Vorteil für die Leser, dass sie mit diesen einen humorvollen Blick hinter die Kulissen des Autorentums werfen können. Und das ist doch ganz interessant und lehrreich.

Michael Kerawalla wurde 1963 in Indien geboren und migrierte als Kind nach Deutschland. Er ist Diplom-Biologe und hat mehrere Jahre als Organisations-Programmierer gearbeitet. Nach dem Verlust des Arbeitsplatzes folgte er seiner Berufung als Autor und hat im Oktober 2006 seinen ersten Fantasy-Roman mit dem Titel „Stein der Finsternis" veröffentlicht. Im Jahr 2011 folgte sein zweiter Fantasy-Roman mit dem Titel „Turoon".
Michael Kerawalla lebt heute zusammen mit seiner Frau in der Nähe von Stuttgart.

Lesetipp:

Ralf Neubohn: „Die Gartenschau Morde"

Enthält Kurzkrimis und schwarze Humor Gedichte

Das Gartenschauwunder

Hans saß auf den Remsterrassen und las sein Lieblingsbuch „Neubohns Krimihäppchen" zu Ende. Er las es seit Jahren immer wieder von vorn, weil ihn diese Mischung aus Kurzkrimis und Humor sehr ansprach.

Nun griff er zu Neubohns originellem Werk „Im Tal der Autoren", um es ebenfalls in Ruhe zu genießen. Die Sonne schien, vor ihm floss die Rems plätschernd vorbei, was konnte es schöneres geben? Völlig entspannt blickte er auf die beiden Remsinseln zu seinen Füssen und schlug das Buch mit den heiteren Geschichten aus dem Autorenleben voller Vorfreude auf.

Doch dann schoss es ihm durch den Kopf: „Ich bin doch nicht zum Lesen hier, sondern zum Arbeiten!" Bedauernd legte er das Buch zur Seite und stand auf. Nur durch seine hohe, professionelle Arbeitseinstellung gelang ihm der Aufbruch aus dem sonnigen Paradies. Überall schlenderten seine Kunden über das Gartenschaugelände. Hans gefiel am besten der Teil beim See am Hallenbad und jener bei der Kunstlichtung. Dort fanden immer so schöne Lesungen statt. Doch wo auch immer seine Kunden auf ihn warteten, da ging er hin. Vom Bädertörle in Waiblingen bis nach Schorndorf lag sein Arbeitsbereich. Sein ganzer Ehrgeiz lag darin, dort überall gleichmäßig gut zu arbeiten.

Kein Gebiet des schönen Gartenschaugeländes durfte vernachlässigt werden. Denn die Arbeit rief überall dauernd nach ihm. Eine große Verantwortung lag auf Hans. Es gab sehr viel zu erledigen. Die Gartenschau kam gerade im richtigen Augenblick, um in finanziell schwerer Zeit Geld in seine Kassen zu spülen. Dankbar dachte er: „Ein Wunder, diese Gartenschau! Schönes Gelände, wunderbare Blumen, ein Ort zum Genießen. Und um nebenbei gute Geschäfte zu machen! Was will man mehr?"

Zufrieden schlendernd besah er sich entzückt die Landschaft und die Hosentaschen der Besucher. Ein Traum für Taschendiebe wie ihn. Vielleicht treffen sie ihn ja mal an seinem Arbeitsplatz. In diesem Falle wünsche ich Ihnen viel Glück!

Überraschung!

Herr S. Chrecklich spazierte in Weinstadt über das Gartenschau-gelände. Ihm gefiel die schön gestaltete Anlage sehr. Vor einem Blumenbeet mit roten Rosen blieb er bewundernd stehen. Wie prachtvoll sie blühten! Neben den Rosen stand einzeln eine sehr große, äußerst merkwürdige Pflanze. Er konnte sie keiner ihm bekannten Art zuordnen. Diese Pflanze lenkte ihn so ab, dass er das Herannahen eines offensichtlich tollwütigen Hundes erst zu spät bemerkte. Es blieb ihm keine Zeit zu fliehen, keine Chance auf Rettung. Herr S. Chrecklich schloss erstarrt vor Schreck die Augen. Ein lautes „Schlurp" ließ ihn auffahren. Die Pflanze hatte sich über den Hund gebeugt und ihn verschlungen! Vermutlich ein Ergebnis des Klimawandels. Früher gab es hier in Weinstadt keine fleischfressenden Pflanzen. Da kam ihm eine geniale Idee! Auf diese Art könnte er seinen nervigen Schwager loswerden! Diesen ohne Spuren beseitigen! Der perfekte Mord! Einfach genial! Bereits zwei Tage später schlenderten sie beide gemeinsam über die Gartenschau. Als niemand in Sicht war, schlug er seinen verhassten Schwager nieder und schleifte den Betäubten zur fleischfressenden Pflanze. Diese würde mit einem lauten „Schlurp" alle Spuren seiner Tat wie geplant beseitigen. Tat sie auch. Nur schluckte sie beide zusammen weg. Tja, selbst der beste Plan kann einmal scheitern.

Pech gehabt

Verächtlich verzog Hans das Gesicht. Wieder lief ein Gartenschaubesucher mit hervorstehendem Geldbeutel vor ihm. Ein Kinderspiel sich seines Geldbeutels zu bemächtigen. Egal, ob in Heilbronn, Waiblingen, Schorndorf, Winterbach oder anderswo, sein Geschäft lief weiterhin blendend. In jeder Stadt lechzten scheinbar die Gartenschaubesucher förmlich danach, von ihm erleichtert zu werden. Diese unfreiwilligen Spenden machten es ihm erst möglich, seine teure Freundin bei Laune zu halten. Mit dem Erlös seiner heutigen „Arbeit" konnte ein netter Abend mit ihr finanziert werden. Zuerst der Besuch eines Konzertes, anschließend ein Galadinner.

„Ein Glück, dass diese Idioten sich so leicht bestehlen lassen", dachte Hans voller Herablassung.

Als er abends mit seiner Freundin an der Konzertkasse stand, befiel ihn ein großer Schock: „Ich bin bestohlen worden! In was für einer furchtbaren Welt leben wir denn, dass man einfach so bestohlen werden kann!" Hans bedauerte sich ausführlich selber, während seine Freundin überlegte, ob sie sich weiterhin mit so einem unfähigen Schussel abgeben sollte, der sich beklauen ließ.

Reizende Reise

Richard R. Riesling befand sich gern auf deutschen Gewässern. Ob Bodensee, Mosel, Rhein, überall gefiel es ihm ausnehmend gut. Leider mochten ihn selber seine Mitpassagiere umso weniger. Es muss leider gesagt werden: Herr Riesling trank meist härtere Sachen als Riesling und wurde dann extrem unleidlich. Häufig sogar gewalttätig.

Bei seiner neuesten Kreuzfahrt fuhr er auf dem Neckar an der Gartenschaustadt vorbei, als es zu einem schwerwiegenden Zwischenfall kam.
Seit 20.00 Uhr hielt er sich an seine strenge Whiskydiät und nahm nichts anderes mehr zu sich. Mit jedem weiteren Glas stieg seine Gewaltbereitschaft und er pöbelte immer häufiger seine Mitreisenden übel an.

Gegen Mitternacht schrie Herr Riesling Frau Nemesis an: „Was geht es Sie an, wie viel ich trinke? Und wem ich meine Meinung sage? Was denken Sie eigentlich denn, wer Sie sind?"
Darauf kam drohend die unheilverkündende Antwort: „Wie ich Ihnen schon sagte, ich bin Nemesis!"
Da unser Reisender sich nur mit Alkohol auskannte und mit sonst gar nichts, stürzte er sich auf Nemesis, um sie von Bord zu stoßen.

Durch einen Kampfsporttrick seines vermeintlichen Opfers landete der Alkoholiker stattdessen selber im Neckar. Der Kapitän hörte das Aufklatschen im Wasser und rief: „Mann über Bord!", was sofort die verschiedensten Rettungsmaßnahmen einleitete. Doch die Dunkelheit behinderte die Suche so sehr, dass er erst zu spät aus dem Hades, äh, Neckar gefischt wurde.

Der Kapitän sah den Ertrunkenen vor sich auf den Planken liegen und sprach nachdenklich: „Riesling verträgt sich mit nicht zuviel Wasser!" Ein Satz, in dem viel Wahrheit lag. Die Suche nach Nemesis blieb erwartungsgemäß erfolglos, denn die kommt und geht bekanntlich, wie sie will.

Der Banküberfall

Xavers Plan bot sich förmlich von selber an. Durch die Touristen, die zur Gartenschau wollten, kam in Heilbronn der normalerweise schon starke Feierabendverkehr fast zum Erliegen.

Wer zu dieser Zeit eine Bank überfiel, konnte sich sicher sein, dass die Polizei zu lange brauchen würde, um sich durch den Stau von Pendlern und Touristen durchzukämpfen. Bis sie die Bank erreichte, befand er sich dann mit seinem Fluchtauto schon wo ganz anders.

Er parkte direkt vor der Bank, stürmte mit gezogener Pistole herein und verlangte das Geld. Alles verlief gut, bis er aus seinen Augenwinkeln eine Bewegung am rechten Rand sah. Wo kam der Mann plötzlich her? Eben lag die Schalterhalle doch noch völlig leer vor ihm!

Hätte Xaver besser recherchiert, wäre ihm bekannt gewesen, dass rechts von den Schließfächern im Keller eine Treppe heraufführte. Und von dort stürmte nun ein Sicherheitsbeamter auf ihn zu. Spontan und eigentlich ungewollt erschoss Xaver ihn und flüchtet tief erschrocken zum Auto. Genauer gesagt zu dem Ort, wo sich bis vor kurzem sein Auto befand, bevor es ein Autodieb stahl. „Nun gut, dann fliehe ich halt zu Fuß", dachte er. Es war das Letzte was ihm in Freiheit je durch den Kopf ging. Denn bei oberflächlichen Besichtigungen des Tatorts hatte Xaver es versäumt, sich die Umgebung näher anzuschauen. Gegenüber der Bank lag ein Imbiss, in dem viele Polizisten verkehrten, die nun mit gezogener Waffe vor ihm standen.

Im Fußball wird so etwas Eigentor genannt. Dafür gibt es keinen Applaus, höchstens Buhrufe.